청어詩人選 421

다락방에 두고 온 열한 살

최민초(崔閔草)
소설 시집

청어

다락방에 두고 온
열한 살

최민초 소설 시집

시인의 말

사람은 누구에게나 섬 하나가 있다고 어느 시인이 말했다.
여기 이 이야기는 그 섬 속에서 꺼낸 이야기다.

부끄럽고, 숨기고 싶고, 누군가 알까 봐 두려운, 그래서
안으로 곪아버린 상처들.
그 비밀스러운 상처를 이젠 담담하게 꺼내 햇빛과 바람
에 날려 보내고 싶다. 그것이 내 안에 웅크리고 있던 상처
에 대한 예의이며 응대일 것이다.

한(恨)이 많으면 죽을 때 힘들다고 했던가. 어쩌면 나는,
언젠가는 찾아올 나의 죽음을 편안하게 맞기 위해, 혹은
평온해지기 위해 내 안의 비밀들을 털어놓는지도 모른다.

이 글이 누군가의 마음 한 귀퉁이를 살짝 건드려 울컥
화나게 만들거나, 콧등을 찡하게 하거나, 겨자처럼 톡 쏘
거나 그랬으면… 참 좋겠다.
비밀스러운 나의 상처들아
그동안 버텨줘서 고맙다.

울진 오두막 집필실에서
글꽃·민초

문학이란
끊임없이 새로움을 추구하는 것

김시철 (시인, 전 국제PEN클럽 이사장)

최민초 소설가가 나에게 두툼한 원고 뭉치를 내밀며 "이게 어디 글이 됩니까?"라며 보아주기를 청했다 언뜻 보아하니 단시(短詩) 모음집이요, 꽤나 많은 소재를 가지고 쓴 시편들이다 잡다한 인간세사(人間世事)를 토막토막 엮은 소설적인 시 모음집 같기도 한데 두루 다 읽고 보니 소설적인 시요, 시적인 소설집 같다는 생각에 착도(着途)했다.

일찍부터 문학 장르엔 시극이 있었고, 극시라고도 엎어치기 한 글들이 한때 내로라 제법 추구하는 시인들에 의해 시도되기도 했으나 빛을 보지 못했다 그러나 최민초의 글은 늘어뜨리면 소설이요 줄이면 소소설(小小說), 즉 장편 시를 연상케 하니, 이 또한 스피드 시대에 걸맞은, 독서력의 곤비함을 적잖이 풀어내는 청량제라 싶기도 했다.

하여 내 딴에는 이 새로운 시도를 어찌 정의를 내릴까 궁리하다가 낯설기는 하지만 "시 소설집" 혹은 "소설 시집"이라는 이름을 붙여놓으면 어떻겠는가 싶어졌다. 어쨌거나 문학이란 끊임없이 앞을 향해 새로움을 추구하는 것이 숙명적 과제가 아니겠는가.

편편마다 들여앉혀 놓은 주제가 알기 쉽게 읽히는 단시(短詩)요, 또 더러는 장편소설(掌篇小說)을 요약한 소설 시를 읽는 듯하여 새로운 장르를 구축했다는 생각도 들었다.

거침없이 읽히고 재미있는 것이 이 글의 특성이다. 읽어서 뭔가 기별이 오고, 또한 느끼는 바가 있는 글이면 그게 좋은 글이 아니겠는가.

남달리 대담하고 용감무쌍한 필력을 가진 최민초 소설가에게는 뭔가 기대해도 좋을 새로운 시도라 생각한다.

차례

제1부
산골 밤 풍경

제2부
묵어리 장닭

제3부

어떤 위안

제4부

신선놀음

제5부
마지막 나들이

제6부
가족사진

산골 밤 풍경

외간 남자를 품어 안은 외할머니
두 딸 부부 앞에서도 당당했다
외할머니댁에서 돌아온 이후
엄마도 이모도 외할머니 이야기를 통 꺼내지 않았다
몰래 따로 만나는 것 같지도 않았다
그렇다고 내 기억 속에서 영영 사라진 것은 아니다

외할머니

외할머니를 딱 한 번 보았다
7살 무렵 싸리나무 울타리 사이로 빼꼼 보았다
걱실걱실한 몸매
뼈대가 굵고 목이 밭고
뻐드렁니에 키가 작달막했다
그 멋진 외할아버지를 등지고
외간 남자를 품어 안은 외할머니
두 딸 부부 앞에서도 당당했다
외할머니댁에서 돌아온 이후
엄마도 이모도 외할머니 이야기를 통 꺼내지 않았다
몰래 따로 만나는 것 같지도 않았다
그렇다고 내 기억 속에서 영영 사라진 것은 아니다
오히려 더 생생했고 갈수록 궁금증이 더했다
외할머니는 정말 행복했을까

외삼촌

저녁 그림자를 안고 한 사내 기어들 듯 슬금 삽짝 안으로 들어섰다

엄마도 아버지도 당최 모르겠다는 듯 고개를 갸웃했다

외할머니가 낳았으니 나에게는 외삼촌이라고 했다

엄마 얼굴빛이 노오래졌고 아버지는 숨이 턱 막힌 표정이었다

아버지가 뭐라고 한마디 하려 하자 엄마가 막아섰다

고봉밥을 권하던 엄마의 손이 파들파들 떨렸다

조촐한 술상을 앞에 두고 우리집 전통대로 가무를 벌였다

오빠 넷이 돌아가면서 노래를 불렀고 언니도 동생도 상꼬리에 붙어 앉아 장단을 맞추었다 가랑잎이 휘날리는~ 전선의 달밤~

큰오빠의 구성진 노랫가락에 젓가락이 상 끝에서 춤추고

좋아요! 좋아요! 외삼촌이 손뼉을 치는데 그 엇박자가 영 어색했다

그 후 우리 가족은 한 번도 외삼촌을 본 적이 없는데

육군사관학교 1차 합격 통지를 받은 둘째 오빠 앞길이 턱, 막혔다

장관은 떼 놓은 당상이라던 오빠의 구만리 젊은 길이 캄캄했다

먹물 같은 어둠이 우리집 평온을 꿀꺽 삼켜버렸다

외할아버지

이모랑 함께 살던 외할아버지 한 해에 두세 번씩 우리 집에 오셨다

오실 때마다 손에는 오꼬시(쌀과자)가 들려 있고 품에는 새끼강아지가 안겨 있었다 허연 머리카락에 허옇게 긴 턱밑 수염 꿈틀대는 허연 눈썹이 동화 속 산신령을 똑 닮았다 당당하고 멋진 풍채 조용했지만 박식했고 세상을 품어 안을 듯 고요한 눈빛 쓸쓸해 보이지만 인자한 외할아버지는 나에게는 바람 비 안개 폭풍 그런 것을 막아 주는 동굴 같았다 외할아버지가 그리울 때면 나는 강아지에게 속삭였다

이다음에 내가 크면 외할아버지한테 시집갈 테야

그러면 강아지는 자기도 데려가 달라는 듯 캉캉 짖었다

이모부

아버지는 이모부를 질투했다 그래도 이모부는 허허허
웃었다
세상에 이모부 같은 분은 없다고 우리 가족 모두 칭
찬했다
그럴 때도 이모부는 허허허 웃었다
사위가 장자풍인 장인을 닮았다고 사람들이 칭찬해도
이모부는 그냥 허허허 웃었다
엄마는 예쁜데 이모는 못생겼다고 사람들이 흉을
보아도
이모부는 그저 허허허 웃었다
늬 엄마츠름 여쁜 사람은 첨봤다 근디야 난 늬 이모가
더 여쁘다
그러면서 이모부는 또 허허허 웃었다
이모부는 가끔 외할아버지를 모시고 신탄진 장에 나
왔다가
우리집에 들러 하루 이틀 묵어갔다 산길을 벅차하는
외할아버지를 지게에 태우고 뚜벅뚜벅 산속으로 걸
어갔다

아버지

나는 아버지가 미웠다 어리광이 심하고 사랑을 독차지하려는 욕심이 많은 내가 아버지 무릎에 답삭 올라앉으면 씁! 지지배가 조신하지 못하구선! 뚝 떼어놓곤 거기만큼 앉거라! 엄한 눈빛으로 거리를 두었다 한 번만 안아주면 시름시름 앓던 통증이 싹 가실 텐데 아버지는 한 번도 그러지 않았다 양반이니 체통이니 체면이니 법도니 예의니 그런 쓰잘데기없는 것만 잔뜩 내세워 근엄하고 차갑고 권위적이었다 그런 아버지가 미워서 나는 자꾸 어긋나갔다 마을 사람들은 아버지 앞에서 기침 소리도 웃음소리도 못 내고 고개를 조아렸다 그들은 자기들끼리 싸우고 와선 무릎을 꿇었고 아버지 말씀에 토 달지 않고 평온을 찾았다 나는 마을 사람들을 바보라며 얕보았고 아버지를 위선자라고 비웃었다

아버지는 작은집 가족이 오면 쌀 조 보리 콩 수수 등을 자전거에 실어 신탄진역까지 바래다주고 오빠 친구들이 오면 오빠 방에 한 말들이 막걸리 통을 들여와 주고 자리를 피해주었다 밤늦게 돌아온 아버지는 군밤이나 찹쌀떡 따위를 사 가지고 와선 엄마의 입에 떼어 넣어 주며 오빠 방 소란은 모른 체 했다

일 년에 대여섯 번쯤 모시는 제사가 끝나면 아버지는 으레 마을에 떡과 음식을 돌리도록 했다 나는 꾀를 써서

사랑방에서 뒹굴대는 장정 일꾼에게 떡그릇을 떠맡겼다 그때마다 아버지가 커험! 기침을 했고 나는 오금이 저렸다 큰오빠랑 둘째 오빠는 집에서 꽤 먼 마을로 가고 셋째 오빠랑 막내 오빠는 조금 먼 마을을 맡고 나와 여동생은 가까운 이웃들 이런 식이었다 우리는 그런 일을 연례행사로 치르곤 했는데 이제 와 생각해보면 그것이 산교육이었지 싶다 하지만 나는 여전히 아버지가 밉다 교육이고 뭣이고 아주 밉다

친정엄마

마흔이 넘은 엄마에게 사람들은 새댁이라고 불렀다

단정한 쪽머리에 물색 한복을 입은 엄마가 내 눈에도 새댁처럼 고왔다 양 볼에는 발그레 홍조가 떠 있고 살짝 내리뜬 눈가에는 어떤 슬픈 그늘이 드리워지고 소리 나지 않는 발걸음도 나직한 음정도 갓 시집온 새댁 같았다

입덧이 심한 임신부나 병을 앓고 난 이웃들은 엄마가 해주는 밥이 먹고 싶다며 자꾸 우리집을 드나들었다 엄마는 이웃집 산모(産母)가 아기를 낳았을 때도 산후조리를 할 때도 그들을 딸처럼 돌보았다 제사 때 쓰려고 아끼던 찹쌀 참기름 깨 미역 등 산모에게 좋다는 걸 죄 가져다 먹였다 마을 사람들은 늬 엄마 그늘 덕에 우리가 먹고 살았다고 그 어려운 시절 우리가 견뎠다고 눈가를 붉혔다 나는 요즘 와서 엄마를 다르게 생각한다 혹 외할머니에 대한 그 상처 벗어나려고 복 짓는 일에 온몸 바쳐 헌신했던 게 아닌가 싶다 그런 안쓰러움이 들 때면 나는 '다정한 친정엄마'가 되어 엄마를 꼭 안아주고 싶다

새잡이

이모네 집은 아주 깊은 외딴 산속 마을이었다 솔밭 아
래 집 울타리는 탱자나무로 둥그렇게 원을 그리고 있었
다 눈이 하얗게 쌓인 날 이종 오빠들을 따라 새잡이에 나
섰다 덕이 오빠가 울타리에 앉은 새를 향해 전짓불을 밝
히면 운이 오빠가 손안에 살그머니 새를 거두어들였다 아
무런 저항도 없이 졸고 있던 새가 손안으로 오롯이 잡혀
들어왔다 어린 석이랑 철이랑 길이도 덩달아 새잡이 흉내
를 냈다 그렇게 잡은 참새가 토끼장 안에 가득했다 새잡
이 사내애들은 참새구이 어쩌구 소근소근 신이 났다 나는
그때 참새구이를 먹었는지 참새를 놓아주었는지 기억에
없다 다만 흰 눈이 소복이 쌓인 겨울밤 탱자나무 울타리
에 깃들어 떨고 있던 참새만이 어제인 양 선연하다

이모의 주술

이모는 나를 손녀딸 대하듯 했다

첩첩 산골에 사는 12남매 이종들이 들로 산으로 제각기 일하러 나가면 이모는 나를 아궁이 앞으로 불러 앉혔다 어서 먹어라 입이 하 많아서 따루 챙겨주고 싶어도 이놈 걸리고 저놈 걸리고 우리 공주님 입에 들어갈 차례가 없으니 어서 어서 먹거라

이모는 어서 먹어라 재촉하면서 체할라 물 마시고 천천히 먹어라 그러다가 어서 먹어라 천천히 먹거라 또 어서 먹어라 애들 오기 전에 어서 먹거라 이모가 주는 그것이 뭐 특별한 것은 아니었다 초가지붕 위에서 말린 지푸라기 붙은 말랑말랑한 찐 고구마거나 찌그러진 콩엿이거나 호박 풀때기거나 호두 조금 넣은 찐빵이거나 우리집에서는 지천이어서 먹지도 않는 그런 것들을 조금이라도 더 먹이려고 누가 오나 망보면서 자꾸 내 입에 먹을 것을 들이밀었다

자녀들에겐 유난히 엄한 이모부 무릎에 내가 날름 앉거나 어깨에 매달리면 이모 입에서는 연신 주술 같은 언어가 쏟아져 나왔다 아유 저년은 복도 많지 복도 많아 윈식구덜이 저년 밥이지 밥이여

내 얼굴을 씻기면서도 즤어매 닮아서 어쩌면 요렇게 뽀얗고 이쁘냐고 요년은 얼굴도 이쁘고 궁뎅이두 이쁘고 젖

두 이쁘고 안 이쁜 곳이 있으야지 어휴 복두 많지 복두 많어 하며 허허허 웃었다 이모는 딸을 둘씩이나 두었는데도 그 언니들 다 커버려서인지 나만 보면 허허허 웃음이 끊이지 않았다 나는 그런 이모에게 많이 웃으면 푼수뎅이라고 사람들이 숭본다고 얕보이면 안 된다고 이모의 입을 틀어막고 웃는 법을 가르치려 들었다 그래도 이모는 나만 보면 허허허 웃었다 너만 오면 집안이 환하다 여 와서 살래? 꼬드겼다 내 말이면 다 들어주는 이모부에게 이모부! 오빠들 씨름대회 시켜요! 조르면 12남매 이종들도 그날은 축제날이다 그럴 때 이모는 또 주술을 쏟아냈다 아유 저년은 복도 많지 복도 많어 왼식구덜이 저년이 하라면 하고 가라면 가고 죄 저년 밥이지 밥이여

내가 집으로 돌아갈 즈음이면 이모는 보따리 옷장사집에 데리고 가서 내 몸에 맞는 옷을 골라 입히느라 분주했다 언니가 만들어준 등 뒤로 리본 맨 외국풍 간땅구도 털실로 짠 스웨터도 집에 잔뜩 쌓였다고 앙탈을 부려도 이모는 촌스러운 꽃무늬 옷으로 기어이 갈아입혔다 이모가 사준 모자며 신발이며 옷을 입고 집에 오면 동무들이 산골짝 촌년 같다고 깔깔댔다 어쨌거나 그 촌년은 이모의 주술 덕에 복 많은 년이 되었다

복덩이

행동이 부산스러워서 부산이란 이름을 얻은 이모랑 조용하고 차분한 엄마랑은 성격도 외모도 전혀 달랐다 이모는 외할머니를 닮고 엄마는 외할아버지를 닮았다고 이웃들은 수군댔다 자녀들을 열이나 낳은 이모가 또 임신을 해 오면 엄마는 느이는 금슬도 좋구나 웃으며 이모를 딸처럼 보살폈다 엄마는 이모를 보물처럼 아꼈고 이모도 엄마를 우산처럼 의지했다 나는 엄마와 이모가 얼굴을 붉히면서 다투거나 찡그린 모습을 본 적이 없었다 그땐 잘 몰랐는데 생각해보면 외할머니에 대한 상처 때문에 서로 보듬고 그랬던 것 같다

이모가 먼저 세상을 떠났을 때 엄마는 한쪽 팔을 잃은 허깨비처럼 너펄거렸다 내가 먼저 가야 순리인디 이 형벌을 어찌할꼬! 온통 혼을 빼앗긴 엄마는 오래도록 곡기를 입에 넣지 못했다 내 기억 속의 이모는 늘 웃는 얼굴이었다 복덩이라는 별명처럼 지금도 이모의 웃음소리가 복이 굴러오는 소리처럼 들린다 허허허허…

흉터

내 새끼손가락 안쪽에는 흉터가 있다
여섯 살 무렵 일꾼 할아버지를 졸라 지게에 탔다
할아버지는 나를 지게에 태우고 흥얼흥얼 기분 좋게 밭
둑을 걸었다
나는 구름을 만지려고 폴짝거리며 두 팔을 높이 뻗었다
지게가 휘청했고 나는 지게에 꽂힌 낫을 움켜잡았다
그 순간 내 손가락에서 피가 뚝뚝 흘렀고
새끼손가락 끝에서 살덩이가 덜렁거렸다
할아버지가 나를 업고 집을 향해 뛰었다
밥시간에도 고개를 못 들던 할아버지는 어느 날
슬그머니 사라졌다 새경도 셈하지 않고 영영 사라졌다
그 흉터만 보면 할아버지 눈빛이 뭉클 그립다

산골 밤 풍경

장성한 오빠들은 아버지 말마따나 불알만 꿰차고
어둠 속을 달려 나가 동무들 욕지거리에 섞이었다
천지가 온통 눈인데 안방 질화로에선 타닥타닥 숯덩이
가 타고 있고
여동생이랑 짝이 된 아버지와
나랑 짝이 된 엄마가 민화투를 치고 있다
숫자에 밝은 사업가 아버지는 어리바리 민화투 손길이
어지럽고
농사일에 일꾼들 밥만 거둔 투박한 엄마 손은 차악
착착!
화투장 때리는 소리가 찰지다
아 밑점인디 그려? 아 이 사람이 나를 물로 보남?
이 냥반은! 셈 밝은 냥반이 민화투 셈은 장 어둡대유?
이게 아닌 거 같은디! 날 대꾸 쐬이는 거 같으니께?
쐬이긴유! 애덜 앞에서 설마유!
엄마와 투닥투닥 다투던 아버지의 머쓱한 손길은 화롯
불 꾹꾹 누르고
엄마는 능숙한 손짓으로 촤르르르 화투짝 섞어 나누고
군밤은 뜨거워 죽는다고 화롯불 안에서 탁탁 튕겨
나오고

또 하루는 그렇게 벽시계에 끌려 뚝딱뚝딱 느리게 울
음 운다

찹쌀 떠억~ 차압싸알 떠억~

펑펑 내리는 눈 속을 헤집고 어둠을 짊어지고 온 젊은
소리에

아버지가 주춤 일어서 찹쌀 떠어억~ 부르고

엄마는 땅속에 묻힌 항아리 속 살얼음 헤치곤 동치미
를 뜨고

여동생과 나는 뒤란 눈 쌓인 채마밭에 쪼그리고 앉아
오줌을 누는데

눈을 흠빽 뒤집어쓴 그네는 흔들흔들 저 혼자 그네
를 탄다

다락방에 두고 온 열한 살

아쉽게도 우리집에는 다락방이 없었다

안방 벽장에는 인절미 시루떡 유과 부침개 등이 만날 냄새를 풍기고 있었다

나는 벽장을 싹 없애고 다락방을 만들고 싶었다 책이 잔뜩 쌓인 다락방에서 먼지를 뒤집어쓴 채 숨어서 몰래몰래 책을 읽고 싶었다 아무에게도 들키지 않고 종일 공상에 잠기고 싶었다 다락방에는 신비스러운 비밀이 숨어 있을 것만 같았다

작은집에 가면 나는 다락방을 고집했다 작은엄마는 다락방을 청소하면서 넓은 방 놔두고 먼지투성이 속에서 자려느냐고 끌끌 혀를 찼다 나는 또래 사촌 셋이랑 종일 다락방에서 뒹굴댔다 잔뜩 싸 들고 간 만화책을 보면서 소곤소곤 우리만의 언어로 키득거렸다 어느 날 작은엄마의 친정 조카라는 중학생이 침입했다 초등학생인 나는 사촌들과 다락방 쟁탈 작전에 돌입했다 원래 다락방 주인이 우리였다는 듯이 전투적이었다 나보다 더 극성인 사촌들은 밤이면 자기네 외사촌을 괴롭혔다 천장 위에 메주를 매달아 놓고 노끈을 조준하여 잠든 그의 이마를 쿵쿵! 맞혔다 그 메주가 부메랑이 되어 우리 이마를 짓찧었다 분한 우리는 장난이 점점 심해졌다 그의 베개 속에 개구리를 숨겨 놓거나 이불 속에 털투성이 복숭아를 툭툭 던져

놓았다

　우리보다 위인 그가 가만있을 리 없었다 4대 1 전쟁이
시작되었다 사촌들과 나는 그를 괴롭히는 일로 더욱 결
집되었다 그러나 그와 눈빛이 마주친 날 아차! 패했다는
사실을 깨달았다 얼굴이 홧홧 달아오르고 가슴이 터무니
없이 콩닥댔다 싸낙뱅이 앙칼뱅이 땡기벌이라는 내 별명
이 무색했다

　나는 작은엄마 치맛자락을 돌돌 말아 쥐고 밤새 고민
했다 그를 사랑해도 되나? 왜 안 되지? 아버지에게 들키
면 어쩌지? 집안을 발칵 뒤집어 놓을 자신이 없는 나는
어지러운 아지랑이를 다락방에 꽁꽁 숨겨 놓은 채 아버지
날개 밑으로 도망쳐왔다

천일야화

긴 겨울밤이면 우리집 안방에서는 천일야화가 시작된다 아랫목에 둥그렇게 모여 앉아 한 이불 속에 두 발을 감춘 채 송아지 같은 긴 눈썹이랑 순한 눈을 지닌 큰오빠에게 말을 시키면 그 잘생긴 치아로 씨익 웃기만 하고 근엄한 둘째 오빠 입에서 시국이 어쩌구 그런 이야기 나올까봐 훌쩍 건너뛰고 입만 열면 웃음 씨앗을 터트리는 막내오빠는 어둠 등을 타고 담 밖으로 사라졌다 언니는 신성일이 나오는 영화를 보러 갔는지 그날따라 보이지 않았고 여동생은 내 옆에 찰떡처럼 붙어 있었다 셋째 오빠가 세헤라자드가 되어 이야기를 시작했다 깊은 산중에 소금장수가 살았는디 말이여 뒤가 마려운 소금장수는 시원하게 뒤를 보구선 소금가마니 지게를 지고 뚜벅뚜벅 걸웅겨 근디 뒤에서 자꾸 뭔가 따라오능겨 아 가만히 들으니께 불길한 소리가 들리능겨 쿠리니딸딸 쿠리니딸딸… 휙 뒤돌아보면 소리가 뚝 그치구 걸음을 빨리하면 쿠리니딸딸 또 들리고 또 돌아보면 딱 멈추고 발을 떼어 놓으면 쿠리니 딸딸 쿠리니 딸딸 자꾸 들리는디 아 그 소리가 기가 맥히게 박자를 타능겨

소금 장수는 소금 가마니가 무거워서 땀을 삘삘 흘리맨서두 뛰듯이 걸웅겨 해가 넘어가니께 산중은 금세 어두워지능겨 서둘러 걷고 또 걷다봉께 오두막 불빛이 흐미하

게 보이능겨 오호라! 살았구먼! 한숨 돌리고 하룻밤 잠을
청했는디 고맙게두 노인이 찐 고구마랑 더운물을 주능겨
캄캄한 산 중에는 바람이 휘잉 휘이잉 휘몰아치는디 엄칭
이 음산한기여 소금 장수는 좀 전에 있었던 일을 노인에
게 죄 말해 준겨 길을 걸으면 쿠리리 딸딸 들려오고 발을
멈추면 뚝 그치는디유 월매나 미섭던지 혼났쉬 그 말이
끝나자마자 그게 바로 나여! 노인이 홀랑 잡아먹어삔진겨
  엄마야! 소리치며 나와 여동생은 서로 끌어안고 이불
속으로 숨었다 그 후 뒷간에도 못 가고 동동거렸지만 밤
이면 안방 이불 속에서 또 천일야화를 기다렸다

아기 씨앗

남학생에게서 첫 편지를 받았다 무슨 내용인지 무척 궁금했지만 차마 열어보지 못하고 조각조각 찢어 변소에 버렸다

남자에게서 편지를 받으면 아기가 생긴단다

언니의 으름장이 아니더라도 처녀가 아기를 배서 마을이 온통 술렁이는 것을 몇 차례 보았다 나는 편지를 안 읽어봤으니까 괜찮다고 괜찮을 거라고 연신 종알댔다

그럴수록 불안은 커졌다 편지를 받았으니까 아기 씨앗이 생겼을 거라고 혼자 끙끙 앓았다 밥도 먹지 못했다 잠을 잘 수도 없었다 나는 매일매일 생리를 기다렸다 내 배가 조금씩 불러온다는 환각에 사로잡혔다 나는 바짝바짝 말라갔다 아직 초경을 치르지 않았다는 걸 그때는 몰랐다 아기가 생겨서 생리가 안 오는 줄만 알았다

이불 속에서 발가락이 컸다

우리집은 농갓집이어서 방들이 많았다 하지만 겨울이면
장작을 아끼기 위해 7남매가 안방으로 모여들었다 아랫
목에 깔린 솜이불 속에 다리를 뻗고 도란도란 이야기꽃을
피웠다 더러는 웃기도 하고 더러는 언성을 높이기도 하고
더러는 서운한 소리를 하며 삐뚜닥거렸다 나는 어리광을
부리고 토라지기도 하고 뽐내기도 하면서 그들과 눈 맞
추며 긴 겨울을 보냈다

이불 속은 우리 7남매의 토론장이기도 하고 투전판이
되기도 하고 수다장이 되기도 했다 나는 보지 않아도 이
불 속 발 주인이 누구인지 단박 알았다 큰오빠 발끝에
닿으면 수줍어 웃고, 둘째 오빠 발끝에 닿으면 흠칫 놀라
잔뜩 웅크리고, 셋째 오빠 발에 닿으면 벚꽃이 되고, 막
내 오빠 발이 닿으면 눈 부릅뜨며 휙 밀쳐내고 동생 발이
닿으면 꼼지락대며 장난치고 언니 발이 닿으면 입술 삐죽
토라졌다

한 해 두 해… 한 이불 속에 두 발 담그고 그렇게 내
꿈도 크고 키도 크고 젖가슴도 크고 낭만도 키웠다 이
젠 더 이상 키울 것이 없어 평온을 키우며 서서히 늙어가
고 있다

입술편지

호롱불 밑에서 엄마가 불러주는 대로 편지를 받아썼다

큰애야 그곳 월남은 여전히 찌는 더위것지? 얼마나 고상이 많으냐? 에미는 지발 덕분으로 니가 무사히 살아서 돌아오기만을 천지신명께 부처님께 산신님께 빌고 빌 뿐이다 아부지도 니 걱정에 잠 못 이루신다(약간의 거짓이 있다 아버지는 꼭 돌아올 거라고 걱정 말라며 태평했다)

서울로 유학 간 니 동상도 공부 열심히 해서 우등상을 탔다(거짓말이다 공부는 뒷전이고 방학이면 친구들이랑 골방에서 비밀 작전을 짜는지 여자 뒤꽁무니를 쫓는지 아리송했다)

일꾼들도 농사일에 열심이다(완전 뻥이다 일꾼들 중 한 명은 이불에 오줌을 싸 놓고 달아났고, 한 명은 가려움 병으로 옻샘에만 열심히 드나들었다)

어린 나는 왜 엄마가 거짓말을 하는지 아리송했다

작은오빠에게 보내는 편지도 불러주는 대로 받아썼다

애야 작은 애야 늬아부지가 힘들게 돈 벌러 새벽부터 밤 늦게까장 고상하시니 부디 몸 성히 공부만 허야 한다 데몬지 뭣인지 그런 걸랑 당최 발 들이지 말구선 말이지 늬학비 보탠다고 월남 간 늬 성을 생각해서라두 부디…

나는 호롱불 밑에서 일주일에 한 번씩은 엄마가 불러주는 대로 받아썼다 그래도 겨울철이면 산토끼를 잡아 온 일이며 가을이면 황금 볕알이 처녀 젖탱이처럼 탱탱 어쩌

구 과장을 섞어 풍경을 채색하고 여름이면 참외 살구 수
박 서리를 하고 모깃불 옆댕이서 어쩌구 하며 오빠들이
고향에 돌아오고 싶도록 약간의 각색을 했다 엄마의 입
술편지는 내가 쓰는 최초의 시였다 덕분에 나는 글쟁이가
되었다

팬티 브라자

사람이 텔레비라는 상자 안에서 말하는 것도 신기하
고 상자 안에서 예쁜 여자가 부끄러운 줄도 모르고 뻔뻔
스럽게 팬티 브라자! 팬티 브라자! 외쳐대는 것도 신기했
다 팬티 브라자! 그 단어도 신기한데 여자 속옷을 대놓고
선전해대는 예쁜 여자가 민망하여 얼굴이 화끈거렸다 어
린 나는 힐끗 아버지 눈치를 살피고 오빠들에게 부끄러워
눈도 못 마주치는데 이상하게도 언니랑은 묘한 동질감을
느꼈다 언니도 민망한지 텔레비를 자꾸 외면하는데 눈치
없는 막내 오빠가 자기 젖퉁이를 감싸 쥐고 누나! 누나!
팬티 브라자! 팬티 브라자! 과장되게 흔들어댔다 언니는
눈을 홉뜨고 엄마는 주먹코를 보이고 나는 울듯 눈을 내
리깔았다 내 턱밑에 납작 엎드린 막내 오빠는 헤이! 야마
꼬! 야마꼬!(꼬마야를 거꾸로) 팬티 브라자! 팬티 브라자!
젖퉁이를 흔들며 나를 골려댔다 아버지는 어흠! 헛기침만
해대고 그의 윗형들은 터지려는 웃음을 꽉 깨물고 엄마는
계속 종주먹을 대고 언니는 막내 오빠 등짝을 후려치고
막내 오빠는 계속 팬티 브라자를 외쳐대고 나만 괜히 죄
인처럼 고갤 숙이고 여동생은 뭔 말인지 눈만 껌벅이고

무식한 아이

나보다 두 살 많은 동무를 따라 읍내로 영화를 보러 갔다
무슨 영화인지 어떤 내용인지 도통 기억조차 없지만
화면을 꽉 채운 멋진 남자 배우의 얼굴만은 선명했다
영화가 막 시작되었을 때였다
나는 눈을 동그랗게 치떴다
여이! 근디 저 사람 쩌번 날에 죽었는디 어치케 또 나왔댜?
하마터면 나는 화면 속으로 걸어 들어가 남자를 만질 뻔했다
나를 끄잡아 앉힌 동무의 독한 입김이 내 귓가로 쏟아졌다
잇무식한녀나! 너 땜에 챙피해 죽겄엇녀나!
동무는 내 옆구리를 옴팡 꼬집곤 눈을 부라렸다
그러거나 말거나 나는 영화가 끝날 때까지 연신 웅얼댔다
참말루 이상햐 쩌번 날에 죽었는디 워칙케 또 나왔댜? 유
령인개벼
화가 난 동무는 공동묘지 그 무서운 밤길을 쌩~ 앞서 달
려 가버렸다
그날 이후 동무는 나를 영화관에 데려가지도 않았고
무식하다고 함께 놀아주지도 않았다

숨기장난 졸쳤다 영영 졸쳤다

그날도 숨기장난을 했다
짚동가리 속으로 숨는 아이
항아리 속으로 뒤집어진 아이
큰 나무 위로 다람쥐처럼 올라간 아이
선반 꼭대기에 웅크린 아이
쏜살같이 숨어버린 내 소꿉동무들
그날 순돌이가 내 손을 끄잡고 잿간으로 숨었다
밀대로 엮은 휘장 들추곤 모가지를 빼고 밖을 엿보던
순돌이
그 애 모가지에 낀 새까만 때를 보며 구역질을 참고
있는데
아직 채 부풀지도 않은 나의 젖무덤을 왈칵 더듬어왔다
어? 이게 뭐지?
붕어 아가미 벌렁대듯 숨이 가빠오는데 우라지게도 기
분이 나빴다
으바리 같은 게 감히?
뭐든지 내가 이겼는데 고 번데기처럼 못생긴 녀석에게
되잡힌 것이
우라지게도 분이 났다
나는 빠지직 이를 갈며 순돌이 붕알을 틀어쥐었다
좋냐? C불누움아!

으어억! 소리 지르는 순돌이
달려오는 동무들 눈이 구슬처럼 커졌다
잿더미 속으로 떠밀린 순돌이는
붕알을 움켜쥐고 잿속에서 파드닥댔다
아무도 건져줄 생각은 안 하고 동무들 저들끼리 깔깔 신났다
순돌이는 내 가슴팍 더듬었다는 말도 못 하고
나도 순돌이 붕알 움켰다는 소문을 안 냈다
그날부터 숨기장난 종쳤다 영영 종쳤다

토란 싹

엄마 심부름으로 텃밭에 콩을 따러 갔다

이웃집 텃밭 귀퉁이에 있던 토란잎에 이슬이 맺혀 어찌
나 예쁘던지

나는 여동생이랑 손톱을 땅에 박고 토란 싹을 캐왔다

그날 저녁 내내 손이 가려웠다 언니가 은근짝 속삭였다

늬덜 인제 큰났다! 주인이 손이나 썩어라 하면 도둑년
손이 썩는다는 개벼

그날 밤 한숨도 못 잤다

이튿날 어두컴컴한 새벽에 일어나 토란을 캔 자리에 몰
래 심어놓고 동생이랑 설설 기면서 도망쳐 왔다

언니가 또 속삭였다 주인이 용서해 줄지도 몰러 그 토
란이 안 죽는다면 말여

우리는 주전자에 물을 담아 들고 새벽마다 토란 싹에
물을 주러갔다

동생에게 다시는 도둑질을 하지 말자고 손가락도
걸었다

손가락을 거는 손등이 근질거리고 가려웠다

나중에야 알았다

토란을 만지면 원래 손이 가렵다는 것을

제2부

묵어리 장닭

땅보다 목숨줄이 중하다고
내 동생은 살아야 한다고
아직 죽기엔 이르다고 반드시 살아야 한다고
그 일념으로 우리집 땅을 팔아치우던 고모는
남동생을 입원실에 맡겨놓은 그해 먼저 가셨다

못난이 남매

셋째 오빠는 나의 연인이었다
오빠가 연초록일 때부터 나만의 연인이었다
팔짱 꼭 끼고 거리를 쏘다닐 때면 나는 의기양양했다
신길동에 싸구려 셋집을 얻으러 갔는데 주인이 아예 처다보지도 않고 일언지하에 거절했다 아유 동거는 안 된다니까요 글쎄! 처음엔 다 남매라고 쐑이죠 흥! 알고 보면 다 거짓부렁인걸요

그러던 여주인이 오빠와 나를 번갈아 보더니 하! 하고 복숭앗빛으로 웃었다 사람들은 남자 형제 중에 가장 못생긴 셋째 오빠랑 여자 형제 중에 젤로 못난 나랑 쏙 빼닮았다고 했다 덕분에 그 허름한 셋집 면접에 통과한 셈이다

세상에! 못생긴 덕을 다 보다니! 산동네 골목길을 돌아 나오면서 나는 하하하 웃었다 오빠 등짝을 때리며 자꾸 웃었다 오빠가 내 귓속에 대고 말했다 너는 세상에서 젤루 여뻐! 나는 오빠 귓속에 속삭였다 내 눈에는 오빠가 젤루 멋쩌! 하하하… 남매의 웃음소리가 하늘로 동그랗게 말려 올라갔다

첫사랑은 영화관에서 시작되었다

《오맨》영화가 한참일 때 말입니다

셋째 오빠가 동생이랑 나랑 어여쁜 내 친구 둘을 데리고 극장에 갔지요 《오맨》이 시작되고 한참 지났을 때 말입니다 긴장감으로 가슴이 터질듯해서 우리는 서로서로 손을 꼭 잡았습니다

《오맨》주인공이 등장하기 바로 직전에 말입니다 긴장으로 가슴이 터질 듯한 그 순간 말입니다 으아악! 오빠의 비명에 우리도 관객들도 놀라서 비명을 지르고 극장 안은 난리가 났습니다 우리는 오빠를 꼬집고 등짝을 때리며 앙탈을 부렸습니다 관객들도 한바탕 웃고 술렁대면서 가슴을 쓸어내렸습니다 영화를 보고 나오면서 우리는 무서워 죽는 줄 알았다고 오빠를 마구마구 때렸습니다 그날 이후 내 어여쁜 친구 둘은 오빠에게 빠져 가슴을 앓았습니다 자기들 첫사랑이라며 둘이 서로 다투었습니다 첫사랑은 영화관에서 시작되었다고 지금도 그 이야기를 하며 깔깔 웃습니다

달빛 팽이

신길동 작은 셋방은 길가에 있었고 허름한 창살은 시
늉뿐이었다 나는 아직 세상살이에 서툴고 어린 여동생을
보호해야 했다 그 밤 톡톡톡 창문 두드리는 소리가 났다
고요 속에 들리는 소리는 공포였다 동생은 엉겁결에 내
옆구리로 파고들었고 동생을 품은 나는 어미 닭처럼 잔
뜩 웅크렸다

나는 무기가 될 만한 것을 찾아 두리번댔다 톡톡톡…
소리가 좀 더 세게 났다 연탄집게를 가져와! 동생에게 귀
엣말로 속삭이곤 연필촉을 움켜쥐었다 투둑 툭툭툭! 거친
소리에 유리창이 덜컹댔다 나는 주인집이 제발 알아채기
를 바라면서 창문가 그림자를 주시했다 문 열어! 안 열면
재미없어! 오싹한 소리에 심장이 벌렁댔다 째깍째깍 초침
소리가 어둠을 삼켰다 통금시간이 구원인양 숨을 죽이고
연탄집게를 움켜쥐었다 누구냐? 나쁜놈아! 째깍째깍 시계
초침 소리만 방안에 가득 찼다 겁쟁이 동생이 와랑 울음
을 터트렸다 그제야 나직한 목소리가 들렸다

오빠야 이것아!

오빠? 암호는?

달빛 팽이

우리 암호는?

똑똑이!

드르륵 창문을 열고 마주친 오빠가 환하게 웃고 있었다
　방으로 들어선 오빠를 여동생이 팡팡 때리며 흐득흐득
노여워했다 그날 밤 오빠는 나와 여동생을 양옆에 끼고
팔베개를 해주었다 객지에서는 어찌어찌 몸가짐을 해야
하며 어떤 상황에선 어떻게 대처해야 하며 그런 이야기가
아니었다 영화를 본 이야기 책을 읽은 이야기 친구랑 있
었던 배꼽 틀어지는 이야기 등 온통 살아있는 이야기였
다 이튿날 오빠는 단단한 창살을 만들어 주었고 시장 좌
판에서 머리핀을 사서 내 머리에 꽂아주고 알록달록 야
한 머플러를 여동생 목에 매주었다 노상에서 순대를 사주
었는데 우리는 징그러워서 안 먹는다고 손사래 쳤다 한번
맛보면 자꾸 사 달랄 걸? 오빠의 꼬드김에 할머니가 파
는 순댓집 좌판 골목에 쪼그리고 앉아 처음으로 순대 맛
을 보았다
　오빠는 주말이면 찾아와 연탄아궁이를 살펴주었고 쌀
독을 채워주었다 술도 춤도 어른한테 배워야 한다며 레스
토랑에도 나이트클럽에도 데려가 주었다 그런 오빠가 있
어서 창문 밖 세상도 무섭지 않았다 달빛 팽이 그 암호만
있으면 세상이 온통 꽃밭이었다

도도 아가씨

띠동갑인 언니랑 영화 구경을 갔다 그때 언니가 왜 나를 데려갔는지 기억에 없다 아마도 아버지의 눈을 속이기 위한 작전이 아니었나 싶다 언니는 허리가 잘록하고 무릎에 닿는 감청색 원피스에 빨간 뾰족구두를 신었다 그때는 멋쟁이 언니가 자랑스러웠는데 지금 생각하면 아리송하다 왜 그 밤에 멋을 부렸는지 불편한 뾰족구두는 왜 신었는지 알 길이 없었다 돌아오는 밤길에 언니는 구두를 벗어들고 가다가 사람이 지나가면 얼른 구두를 신고 흐트러짐 없이 도도하게 걸었다 불량배 패거리들이 호위호 호호오호우위! 휘파람을 불어댔다 소오올솔~ 솔솔솔~ 오솔길에~ 빠알간~ 구우두아가씨이~ 불량배들이 떼창을 부르며 슬금슬금 따라왔다

한번쯤 뒤돌아볼만도 한데 발걸음만 하나둘 세면서 가아네~ 언니가 팔짱을 끼곤 그들을 기다렸다 야! 이리 와 봐! 건들대며 다가온 그들을 하나 둘 살핀 언니가 느닷없이 귀싸대기를 갈겼다 어디서 함부로 싸가지 읎이!

오호! 아가씨이!(노래흉내) 그들은 제법이라는 듯이 실실 웃었다 언니가 또 그들의 귀쌈을 차례로 후렸다 야! 너들 나 몰라? 너 ○○ 친구지? 나 ○○ 누나얀마! 까불지 말고 어여 안 가!

언니는 두려움을 모르는 여전사였다(물론 서울에서 유학

46

하는 남동생이 합기도 유도를 했다는 믿음도 있었을 것이다) 그 때 책에서 읽은 〈구월산의 여장군〉 생각이 났다 나도 커서 구월산 여장군이 되고 싶다고 생각하던 때였다 당차고 두려움을 모르는 여전사 언니가 똑 그랬다

택시 아저씨가 언니 옆을 슬슬 따라오며 아가씨가 예뻐서 꽁짜로 태워주겠다고 했다 나는 다리 아프다고 나도 택시라는 것을 타보고 싶다고 저 아저씨 진심인 것 같다고 아우성쳤다 언니가 아저씨를 짝 째려보았다 열 마디의 말보다 무서운 냉기 큼큼 기침을 하던 아저씨가 슬슬 멀어졌다 언니는 내 손을 잡고 어둠을 헤치고 또각또각 소리를 내며 도도하게 걸어갔다 그때 나는 도도를 배웠는지도 모른다

묵어리 장닭

막내 오빠는 나만 보면 실실 놀리거나 툭 쳐서 넘어뜨리거나 한 바퀴 휙 돌려 사정없이 저만치 내동댕이치곤 했다 헤이! 야마꼬! 아마꼬! 부를 때는 피할 새도 없이 여지없이 당했다 악악대며 덤벼들던 나는 점점 싸낙뱅이가 되어갔다 그래도 나를 때리거나 억압한 기억은 별로 없다 혹 누군가가 나를 괴롭히면 그가 누구든 작살이 난다

그는 공부는 뒷전이고 산토끼랑 굴뚝새를 잡아선 다시 놓아주는 재미로 살았다 아이들이 자기 앞을 지날 때면 자기 이름자에 님 자를 붙이라고 으름장을 놓았다 그의 꼬붕들은 ○○님! ○○님! 부르며 그의 책보를 허리에 매고 졸졸 쫓아다녔다 그는 아버지나 형들이 야단을 쳐도 희한한 대꾸로 되받아쳐서 배꼽을 움켜쥐게 하였다 마을 어른들 함자 앞에 노랫가락을 붙여 판소리 투로 줄줄 이어대면 그 함자 가진 어른들도 박장대소를 했다 대충 이랬다

왔다리갔다리 김선달이!(바람 피운다고) 어깨뿡 하늘뿡 박지중이!(잘난 척 한다고) 도리도리짓고땡 황만걸이!(화투에 미쳤다고)… 온 동네 사람들에게 별명을 지어 읊어대다가 이렇게 마무리 짓는다 우물쭈물 울아부지!(길에서 만나 돈 줄 때 얼마 줄까 망설인다고)…

그런 그에게도 가장 싫어하는 별명이 있었으니 묵어리

장닭이다 누가 언제 왜 그런 별명을 지어 불렀는지 모르
지만 아마 묵은 장닭처럼 능청스럽고 의뭉스럽다는 뜻이
지 싶다 새잡이로 종일 쏘다닌 그는 저녁때는 으레 동무
들이랑 돼지 붕알을 축구공 삼아 종횡무진 논바닥을 누
볐다 나는 손나팔로 그를 불렀다 막내 오빠아~ 엄마가
저녁 먹으라! 목청이 터져라 몇 번씩 불러대도 들은 척도
안 한다 가까이 가서 불러도 안중에 없다 야! 최○○ 역
시 끄떡도 안 한다 ○○ 얀마! 그제야 힐끗 돌아볼 뿐 여
전히 축구공 맹신자다 때는 요때다 싶은 나는 입안에 욕
지거리를 섞는다 얀마! 밥 안 처먹어? 눈꼬리를 치뜬 그
는 너 주거써! 주먹코를 보이며 축구공과 나 사이에서 갈
등한다 약이 바짝 오른 나는 야, 묵어리 장닭아! 되알지
게 소리친다 묵어리 장닭! 그 말은 귀신같이 알아들은 그
는 저 신발년이 너 주거써! 축구고 뭐고 후닥닥 쫓아온
다 나는 걸음아 살려줘! 숨이 턱에 닿게 달리고 달려 아버
지 밥상 옆댕이에 날름 앉는다 내 맞은편에 앉은 그는 죽
일 듯이 나를 노려보며 입속에 욕지거리를 삼킨다 나는
모른 척 눈을 착 내려 뜬다 식사가 끝날 무렵 슬슬 불안
해진 나는 한층 다정한 목소리로 막내 오빠! 누룽지 먹을
려? 불쑥 내민다 그는 입 모양으로만 아호오! 저걸! 기냥!
확 기냥! 제 밥그릇에 숟가락만 통통 쥐어박는다

사두님 옥체 일향만강 하오십니까

내 오른쪽 엄지손톱이 뱀 대가리를 닮았다 하여 막둥이 오빠가 사두(蛇頭)라고 불렀다 그가 사두라는 말을 하기 전에는 내 손톱에 대한 관심조차 없었다 어른들은 내 손톱을 보면 이런 손톱은 손끝이 야무지다느니 그래서 백일장 상을 탔다느니 칭찬일색이었다 그때는 그 말이 진짜인줄 알았다 생각해보면 내 기를 살려주기 위한 일종의 연막작전이 아니었나 싶다

어느 날 두 팔을 뒤로 쫙 펴고 손바닥으로 버티고 있는데 막둥이 오빠가 느닷없이 등 뒤에 대고 큰절을 넙죽넙죽 해댔다

사두님! 그동안 옥체 일향만강 하오십니까?

나는 말귀를 알아듣지 못하고 두리번대는데 언니랑 오빠들이 웃음을 참느라 쿡쿡대고 있었다 엄마가 막내 오빠에게 나무라는 시늉으로 주먹코를 들었지만 엄마 역시 웃음을 깨물고 있었다 내 등 뒤에 대고 막둥이 오빠가 또다시 점잖게 읊조렸다 사두님! 그동안 옥체 일향만강 하오십니까?

그의 머리통이 내 엄지손톱을 향하고 있었다 그제야 내 엄지손톱을 향한 야유라는 걸 알았다 그러나 그때는 옥체일향만강은 엄청 높은 사람에게나 하는 인사라는 것을 어렴풋이 알았으나 사두가 무엇인지 그가 왜 예우를 다

하는지 이해하지 못했다 다만 나를 골린다는 사실에 두
다리를 뻗대고 앙앙 울어댔고 엄마가 치마폭으로 나를
감쌌고 언니가 막둥이를 때리러 쫓아다녔다 그 후에도
그는 가끔 사두님께 안부를 여쭙는답시고 내 손톱에 넙
죽넙죽 절을 하곤 했다 사두님 옥체일향… 그때마다 나
는 죽기 살기로 덤벼들었다 점점 악바리가 되어간 나는
덕분에 또래 사내애들까지 싹 다 손아귀에 쥐게 되었다

결혼식장에서

언니의 첫딸 결혼식 뷔페에서였다 앞에 앉은 여인네가
음식에는 관심이 없고 고개를 뱅뱅 돌리며 한복차림의 언
니를 쫓았다 쫓고 쫓던 그 여인네 입에서 쉬지 않고 감
탄이 튀어나왔다 그 여인네는 옆자리 자기 친구에게 수
군댔다

워매 느올케 참말 여쁘다야 느오빠말여 워치케 저리 여
쁜 샥시를 을었다냐?

그 여인네는 오늘 결혼하는 신부 예쁘다는 말보다 그
신부 엄마의 미모에 반해 연신 주저리주저리 주절댔다

올케언니 동생들이여

언니의 시누이가 정면에 마주 앉은 나와 여동생을 가리
키며 웃었다

여인네가 호! 하고 우리를 들여다보았다 무안해진 내가
농삼아 물었다

우리도 언니처럼 여쁜가유?

그녀는 두 팔을 휘이휘이 저었다

아뉴아뉴 말두 아뉴 잽두 아뉴

전설의 하모니카

큰오빠는 틈만 나면 하모니카를 불었다 산날망 미루
나무 아래 큰 바위에 앉아 하모니카를 불었다 낡은 하모
니카는 금색 칠이 벗겨져 반들반들 윤이 났다 한낮 뜨거
운 땡볕 아래 일꾼들이 낮잠에서 깨어나 하모니카 음률에
귀를 기울였다 매미도 하모니카 소리에 장단울음을 맞춰
주었다

하모니카 소리는 온 마을로 마을로 번져갔고 전설이
되어갔다 뻐꾹새가 구슬픈 소리를 알아듣고 화답을 하
고 바람난 새가 큰오빠 어깨 위에 앉아 궁둥이를 까닥이
며 장단을 맞추었다 그 소리는 처녀들을 유혹했다 때로
는 하모니카를 부는 큰오빠 옆댕이서 둘째 오빠가 삘리
리삘리리리~ 풀피리를 불고 셋째 오빠가 기타 줄을 퉁겼
다 막둥이 오빠는 찌그러진 양재기를 두들기거나 두 손
을 오므려 쥐고 옴파옴파 악기 흉내를 냈다 덕분에 나는
전설을 그리워하는 새가 되었다

큰오빠

큰오빠가 월남에서 돌아왔다 엄마는 동네에 잔치를 벌이고 싶지만 그럴 수 없다고 목울음을 삼켰다 도랫말 친척 아저씨 큰아들도 아랫말 친척집 오빠도 옆집 숙이네 큰오빠도 월남에서 주검으로 돌아왔기 때문이다 이웃사람들의 부러움과 질시에 엄마는 내놓고 기쁨을 나타내지 못했다 근 보름 동안 잠만 자던 큰오빠가 밤마다 잠꼬대를 해댔다 전우의 시체를 넘고 넘어~ 백마부대 용사들아 ~ 인식표를 손에 들고 노래를 부르기도 하고 참전 중에 잃었다는 전우들 이름마다 부르며 버르적댔다 그때마다 온몸이 땀으로 젖었다 그 후유증을 이기려고 그랬는지 그는 술을 마시기 시작했다 거의 실어 상태였던 큰오빠는 어쩌다 말을 하면 심하게 더듬었다 아버지는 큰오빠에게 좋다는 약을 무시로 구해오고 엄마는 그 약을 정성껏 달여 먹였다 민간요법은 물론 심지어 푸닥거리까지 해서 간절함을 보냈지만 효력이 없었다 집안이 진흙 가마니처럼 가라앉았다 그렇게 몇 년의 세월이 흐른 어느 날 큰오빠의 사고 소식을 접했다 교통사고였다

큰오빠를 잃은 후 자다 깨어 보면 엄마는 허수아비처럼 동그마니 앉아 후후 담배 연기를 토해냈다 후우우 후우~ 말 없는 통곡은 재떨이에 수북수북 쌓였고 엄마의 입술은 시커멓게 탔다 우리는 자식이 아니냐고 큰오빠만 자식이

냐고 그러다가 엄마마저 잃으면 우린 어쩌느냐고 어깨를
흔들면 엄마는 그냥 흔드는 대로 흔들흔들 흔들렸다

막내 오빠

　버스를 타고 어딘가를 갈 때였다 아마 작은집에 갈 때였을 것이다 그렇지 않으면 막둥이 오빠와 내가 둘이서 어디를 갈 리가 없다 버스 천장에 매달린 동그랑땡 손잡이를 잡고 흔들리며 가는데 옆에 서 있던 그가 갑자기 내 팔에 있는 명털을 사르르 훑으며 감탄하는 시늉을 했다 히햐! 이 야성미! 그가 쓰다듬자 내 팔뚝의 길고 가지런한 명털이 거짓말처럼 차르르 누웠다 사람들이 모두 보고 있어서 환장하게 부끄러웠다 나는 씹어 삼킬 듯이 눈을 부라리며 겉으로 웃는 척 잇새로 씨부렸다 이 핑신놈아! 잇새로 욕지거리를 했지만 그는 아랑곳하지 않았고 히야! 어깨는 완전 역도선수야! 역도선수! 기고만장하였다 그가 그럴수록 내 성질머리는 점점 고약해졌다 그는 왜 그랬을까

어떤 한(限)

우리집 옆댕이 사는 아주머니
독하게 욕도 잘하고 걸핏하면 소리소리 천둥을 불렀다
딸 부잣집 그 아주머니는 딸들에게도 욕바가지 퍼붓는
날이 허다했다
그 아주머니 무서워 동네 우물가 아줌씨들 함지박 이고
설설 달아났다
이제 와 생각해보면 그 아주머니
활활 불붙는 화증을 욕으로 견뎠지 싶다
큰아들 월남에서 주검으로 돌아오고
작은아들 육군 소위로 생목숨 잃고
그 모진 세월 욕으로 견뎠지 싶다
큰아들 상여가 나가는 날 두 다리 뻗고
에고에고 실신했던 큰며느리 설움마저 삼키느라
그 한(限) 욕으로 다스렸지 싶다

오동나무 궤짝

오동나무 궤짝 안에는 아버지의 비밀이 가득했다 (가끔 씩 아버지는 그 안에서 알사탕을 꺼내 우리에게 주었다) 그 근처에 가는 것은 일종의 금기였다 그 안에는 우리집을 지켜주는 터줏대감 능구렁이가 들어 있다고 무당네 할머니가 말했다 그래서 낮에는 큰 구렁이가 눈을 감고 웅크리고 있는 줄 알았다 밤에는 구렁이가 오동나무 궤짝에서 빠져나와 우리집 안팎을 돌며 집안의 액을 막아 주고 해가 나면 그곳으로 기어가 들어가 낮잠을 잔다고 여겼다

그 궤짝을 끌어안은 아버지의 얼굴에 먹구름이 덮였다 아버지와 동업을 하던 친구가 사업자금과 문서를 틀어쥐고 줄행랑을 놓았다 그 안에 반쯤 차 있던 지폐는 화폐개혁으로 아무 쓸모가 없었다 골방에 처박혀 먼지 쌓인 궤짝은 애물단지가 되어버렸다

세월이 흐른 후 오동나무 궤짝을 번쩍 들던 나는 엉덩방아를 찧었다 궤짝이 그렇게 가벼운 줄 몰랐다 길고 네모난 쇠 자물쇠는 시늉뿐이어서 젓가락으로 툭 건드리니 싱겁게 열렸다 그 안에 있던 구렁이는 어디로 갔을까 아버지를 따라 하늘나라로 갔을까

작은고모

산막에 사는 키가 후리후리한 작은고모
연로한 몸으로 휘이휘이 우리집을 오갔다
새벽에 나섰다가 해가 지기 전에
돌아가야 했던 노쇠한 고무신 걸음이
진흙 자국만 뜰에 움푹 남겼다
우리집 땅을 산다는 사람만 나타나면
돈을 손에 쥐여 줄 사람만 있으면
값에 상관없이 무조건 계약서에 도장을 눌렀고
서울 원자력병원에서 생사를 오가는
남동생 병원비로 보냈다
땅보다 목숨줄이 중하다고
내 동생은 살아야 한다고
아직 죽기엔 이르다고 반드시 살아야 한다고
그 일념으로 우리집 땅을 팔아치우던 고모는
남동생을 입원실에 맡겨놓은 그해 먼저 가셨다

곰국

내가 서울에서 칼국수만 먹으며 혼자 살 때 엄마가 쌀한 말이랑 김치 콩 깨 뭐 그런 거랑 곰국 끓일 사골을 사오셨다 나는 부자가 되었다고 부자가 되어 참 좋다고 냉꼬만한 자취방이 꽉 찬 것 같다고 엄마가 있어서 참말 좋다고 엄마의 쪼부라든 젖가슴을 밤새 쪼물댔다

다 큰 것이 뭐하는 짓이여?

나를 품었던 엄마가 나를 훅 밀쳐내고 돌아누웠다 내가 설핏 잠들었을 때 엄마 입에서 낮은 넋두리가 쏟아졌다 허유 히이유~ 부모 잘못 만나 어린 것을 객지에서 이 고상을 시키니 어히유 히유~ 입술 피리를 불었다 나는 일부러 자는 척 코를 골았다 밤새 입술 피리를 불던 엄마는 새벽에 고슬고슬 쌀밥을 지어 놓고 서둘러 채비를 차렸다 고추밭 깨밭 감자밭 풀 올라오기 전에 매줘야 한다는 엄마에게 한밤만 더 자고 가라고 딱 하룻밤만 더 있다 가라고 내가 고추 파 감자만도 못하냐고 치마꼬리 붙들고 칭얼거렸다 여기 더 있으면 밥이나 축내지 머

엄마는 곰국 끓이는 순서를 열 번도 더 일러주곤 뒤축 닳은 고무신 꿰신고 서둘러 길을 떠났다 당신의 그 서러운 눈물 들킬세라 어린 딸 마음 아프게 할세라 이고 지고 온 그 낱알 축낼세라 휘이휘이 가셨다

사흘 밤을 후딱 밀어내고 안집으로 전화가 걸려왔다 엄

마아! 울음이 제 먼저 알고 달려가는데 비싼 전화료가 그
리움을 툭 갈라놓았다

　곰국은 잘 끓여 먹구 있는 겨?

　엥, 그거? 상해서 죄 버렸는디?

　메메 메라구?

　펄펄 끓이니께 지름이 둥둥 곰팡천지드만 토악질 나서
언능 버렸…

　허유우 히이유~ 저 철없는 것을 뉘한티 시집 보낸다나?
서방 등골만 빼 먹을틴디

　그때처럼 엄마의 탄식 소리를 크게 들어본 적이 없다

　나중에야 알았다

　내가 서방 등골 빼먹기 전에 엄마 등골부터 쏙 빼먹었
다는 사실을

칼국수의 비밀

지인들은 가끔 황태 푹푹 고아낸 국물로 만든
칼국수가 먹고 싶으면 내 손맛이 그립다고 한다
사람들은 모른다 칼국수에 얽힌 나의 역사를
석 달 치 월급이 밀려 칼국수로 연명한 내 이십 대의 비애를
나와 가난을 함께 보내던 동무들은 모른다
미애도 숙자도 용숙이도 모른다
허울 좋은 총무과에서 일한다는 이유로
내가 지들과 다르게 사는 줄 안다
사람들은 모른다
칼국수를 먹으면 내 위가 풍선처럼 부푼다는 것을
이스트로 부풀린 빵처럼 부글부글 끓어오른다는 것을
언니도 모르고 오빠도 모르고 내 친한 친구도 모르고
숨겨둔 애인도 모른다
칼국수는 내 아픈 비밀이니까
비밀은 자존심이니까

멀리 보는 눈

동무를 따라 나무를 하러 갔다
어딘지도 모르고 무작정 따라갔다
사람들이 수군댔다 워매 뉘집 딸이랴?
웃남애 최주사집 둘째 딸 아닌개벼?
부잣집 애기씨가 일꾼들 죄 놔두고 나무를 하러 댕긴다나?
워따! 그 깜장 기와집 쫄딱 망했다능개벼 일꾼덜두 죄
뿔뿔이 흩어지구 그 수군거림은 죽기보다 싫었다

친구가 고사리손으로 보태준 깍짓동 나뭇단을 이고 바
들거리며 출렁거리는 나무다리를 건넜다 둥둥둥 물살에
따라 12살이 떠내려갔다 부잣집이 떠내려갔다 아버지가
떠내려갔다 기와집이 떠내려갔다 옴마야 무서바! 다리 위
에서 오돌돌 떨며 세상을 덮쳐오는 회오리를 보았다 앞에
서 마주 오던 수염 허연 노인의 목소리

아가야 멀리! 멀리 보거라 고개를 들고 멀리! 더 멀리 보
거라 세상은 멀리 더 멀리 봐야 한단다

그때부터 나는 멀리 아주 멀리 보며 살아왔다

지친 내 혼(魂) 참 멀리도 왔구나

제3부

어떤 위안

지루해진 아이가 할아버지 무릎에서 뒹굴다가
『유머 1번지』 저자 사인된 책을 받고 벌떡 일어난다
어? 할아버지 이름이 서정범? 내 이름은 서정원! 어?
우리 형아네?
할아버지 빙그레 웃으며 하! 그놈 참!

박경리를 읽다

어느 장르의 글을 쓰는고? 언제부터 썼는고?
스승은 누고? 고향은 어디인고?
연대 석좌 교수 취임하시던 날 캠퍼스 의자에서 박경리
선생이 물었다
편하게 입던 옷 그대로인 듯 수수한 차림이었지만
틀어 올린 흰 머리카락에 꽂힌 비녀 서릿발 같은 눈빛
그 종합적인 위엄이 백호랑이로 가슴에 와 꽂혔다
주눅 들어 잔뜩 쪼부라져 있는데 꿈결인 듯 들려왔다
원주에 한번 오시게나
자네에게서 좋은 기가 느껴지는군

그 목소리 가슴에 꼭꼭 담아 두었지만
한 번도 걸음을 향하지 못했다
그분 살아서도 그랬지만
가신 지 오래인 지금도 아직 찾아뵙지 못했다

외로울 때는 낡은 나비장 농짝이랑 기름먹인 방바닥을
닦고 또 닦는다는
그 처절함을 마주할 자신이 없어서였을까
잔망스럽고 얕은 내 문학적 열정을 들킬까 두려웠을까

통영 바다가 훤히 내려다보이는 아름다운 산 중턱 200평 부지를
　토지 선생에게 기부하고 싶다는 통영 노부부의 고운 뜻 전갈을
　정치적 뇌물인 줄 알고 일언지하에 거절당했다던
　통영 고동주 전 시장의 그 눈빛이
　내게 전염되어 지레 기가 질려서였을까

　세월이 흘러 그 부지를 내게 주고 싶다는
　나를 딸처럼 고와하는 그 노부부 뜻을 차마 받아들일 수 없었다
　크신 님의 눈빛이 내 탐심을 막았다

'재물을 탐하면 큰 글을 쓸 수 없느니라'

아아! 깊고 크신 님이시여!
원주에 한번 오시게나
그 말씀 간절하게 그리울 때마다 토지를 읽습니다

이인분의 통곡

우스갯말을 해도 실없는 이야기를 해도
그저 조용히 웃던 박완서 선생님
구리 오피스텔에 살 적에 가끔 함께
장자못을 돌기도 아차산에 오르기도 했다
까치마저 내 믿음을 저버린 날
선생님 오늘도 기쁜 소식이 안 오네요
이혼 통지서를 기다리는 가톨릭 신자인 나에게
가톨릭 신자인 선생은 할 말을 잃었는지
장자못가에 걸린 시 한 구절을 눈으로 가리켰다
'한 송이 국화꽃을 피우기 위하여 천둥은
먹구름 속에서 그렇게 울었나보다'
나는 까치가 이혼 통지서를 물고 오기를 애타게 기다
리는데
선생은 구름 속에 피어난 국화꽃을 보고 계셨다

그날 무슨 생각을 했을까
아차산 남의 산소에 엎드려
소리죽여 우는 내 등 뒤에서
먼 산만 바라보던 그분은 다가와 손끝으로 어루만져
주지 않아도
느낌으로 달려오는 떨림의 손길

안다 다 안다 예수의 고통까지는 아니어도
고통이라면 나만큼 아는 이 또 있으랴

나는 이인분의 고통을 버무려 원 없이 울었다
허락도 없이 남의 산소에 엎드려 천년 울음 다 쏟았다

윤모촌 선생님

소설을 쓰고 싶다는 의논에 수필 스승은 고개를 끄덕였습니다

거 아쉽구먼 내 밑에서 한 3년 더 배우면 내 뒬 이을 텐데

그래도 하고 싶은 건 해 봐야지 되돌아오더라도 한번 해봐라

그 말씀이 거름이 되었습니다 마음속 지주이신 나의 스승님

나를 바로 서게 하는 냉철하면서도 따뜻함을 간직한 그 눈빛은

밤바다를 떠도는 저에겐 지금도 여전히 등대입니다

미흡한 제 수필이 발표될 때마다 애썼더만 이젠 좀 안심이 되는구면

전화 속 그 목소리가 매양 그립습니다

그 스승만큼 그리운 사모님

당신이 손수 지어주신 퀼트 미사포랑 미사포 주머니 그리고 정성껏 쑤어주신 팥죽은 여전히 달콤합니다

우리 며늘아기랑 나는 최 선생의 팬이라오 성당 식구들에게 자랑한다오

그 말씀을 품고 돌아오던 날 조금 울었습니다

사막의 글 바다에서 한 모금 생명수를 발견한 위안이었을 겁니다

지금도 가끔 두 분이 그리울 때면 성균관 대학 내 은행나
무를 찾습니다
　스승의 조부*께서 심었다는 그 은행나무 아래 두 분은 늘
앉아 계시니까요

　* 윤탁(성균관 대사성)

아이와 할아버지

시골길을 달리던 자동차 안이다

다섯 살 아이가 흥얼대며 두 할아버지 사이에서 뒹굴댄다

창문을 열자 퀴퀴한 인분 냄새가 훅 끼친다

아함! 거름 냄새 참 좋다!

할아버지 말씀에 아이가 대뜸 면박을 준다

에이! 할아버지는 교수이고 박사이고 작가인데 체면도 없이 똥 냄새가 좋아요?

아이의 무례한 말에 할아버지 목소리에 물기가 오른다

아하! 그 말 참 좋다! 수필 써야겠구나!

아사히신문 부국장과 일본어로 대화하는 할아버지에게 아이가 또 쫑알댄다

에이! 할아버지는 교수이고 박사인데 체면도 없이 무당 말 해요?

오호! 넌 어찌 알았니? 내가 무당 박사인걸?

어? 할아버지가 무당 박사? 무당 대장 뭐 그런 거? 아호오 무서오!

부르르 진저리치며 쫑알대던 아이

길가 가게에서 할아버지가 사준 아이스크림 받고 좋아라 싱글벙글 눈을 빛낸다

지루해진 아이가 할아버지 무릎에서 뒹굴다가

『유머 1번지』 저자 사인된 책을 받고 벌떡 일어난다

어? 할아버지 이름이 서정범? 내 이름은 서정원! 어? 우리 형아네?

할아버지 빙그레 웃으며 하! 그놈 참!

어떤 위안

서울 소나무 모임이 있던 날
주위는 온통 시끄러운데 소설가 이호철 선생님
아내에게 자꾸 전화를 걸었다 아마 대여섯 번쯤?
안경을 코에 걸고 숫자를 꾹꾹 누르며
하! 왜 안 받지? 차! 왜 안 오지?
보다 못한 내가 핸드폰에 숫자를 입력하곤 저장했다
선생님 이젠 1번만 누르면 돼요 한번 해 보세요
1번을 꾹 누르곤 아내와 통화를 끝낸 선생의 혼잣말
하! 신기하구만! 거참! 신기하네 신기해!
기계치인 나는 아무도 모르게 위안 받았다
이렇게 큰 어른도 기계치인걸 뭐
세상에 별 희한한 위안도 있구나 싶었다

제4부

신선놀음

멀리서 보면 시적(詩的) 낭만적(浪漫的) 유유자적(悠悠自適)
들여다보면 고뇌 덩어리 혹은 지구본을 들고 있는 아틀란트
피와 살 뼛골 녹이는 끝나지 않는 노동 처절한 외줄타기
시지프 신화 속으로 스스로 걸어 들어간
글쟁이를 일컬어 사람들은 신선놀음이라 부른다

생명의 기하학

내 안에 물방울 하나…… 둘…… 셋……
더디게 아주 더디게 다섯…… 일곱…… 모인다

천년이 지난 오늘 겨우 도는 태기

얼마나 더 기다려야 할까
얼마나 더 목이 타야 할까
이 끝없는 열애……
열아홉…… 스물아홉…… 쉰셋…… 백스물여덟 개
더디게 아주 느리게 모아지는 물방울

생명은 내가 만드는 것이 아니다

아기를 엄마가 만드는 것이 아니라
아기 스스로 나오듯이
생명에서 생명으로 건너와 생성되기까지
껍데기를 뚫고 스스로 터져 생명이 될 때까지
기다려야 한다 기다려야 한다
고요히 묵묵히 낮게 엎드려 기다린다

영원히 되돌아갈지도 모를 잉태
생명의 기하학

책

자료가 필요해서 찾는 데 없다

누구의 손길을 따라갔는지
누구의 마음을 훔쳐 보쌈을 당했는지

누구의 꾐에 이 답답한 책장을 빠져나갔는지
바람 들어 구름이 짝인 줄 알고 따라나섰는지

실속 없는 도둑을 따라갔다가
아무도 안 봐주면 어쩌나
그 헤픈 마음이 야속해서 종일 허접다

거기 누구 없소?

한밤중 자다 깨면 암흑천지
여기가 어디지?
사방을 둘러보면 0.5평 공간
몇 시쯤 됐을까
환한 전자시계라도 있었으면

꼬물꼬물 밤새 뒤척이며 뇌는 말
나를 일으켜 줄 이, 거기 누구 없소?
내 손 잡아 줄 누구, 거기 아무도 없소?

어둠 속에서 희미하게 손짓하는 그 무엇
고요하면서도 흔들림 없는 묵직한 혼
가슴을 먹먹하게 채워오는 어떤 무게

아, 내 영혼의 등불
당신 여기 있었구려!
내 숨 나의 님

다 그렇고 그런 것이라지만

당신을 앞에 두고도 울었습니다
동해안 물을 다 퍼마셔도 갈증이 날 것처럼
그리움은 어쩌지 못했습니다

가는 세월 막아서지 못하듯
길을 찾아 저절로 물 흐르듯
물길 따라 흐르는 순리(順理)
그 흐름 어찌 막을 수 있겠습니까

세상사 인생사 사랑사
다 그렇고 그런 것이라지만

눈앞에 두고도 말 못하는 그리움은
다 그렇고 그런 것은 아니지 않습니까

시(詩) 1

무언가 내 안에서 꿈틀거린다
내 숨에 겨드랑이에
발뒤꿈치에 코딱지에

바람이 줄기를 두들겨 대며
가지 끝에서 터지려는 생명
언제 토해낼까

내 시(詩)

꿈틀꿈틀 스멀스멀
잉태를 기다리는 순간

신선놀음

말을 돋우는
말을 돋아나게 하는
말을 돋보이게 하는
말의 씨를 뿌리는
말로 하루하루를 사는 글쟁이를 일컬어
사람들은 신선놀음라고 한다

멀리서 보면 시적(詩的) 낭만적(浪漫的) 유유자적(悠悠自適)
들여다보면 고뇌 덩어리 혹은 지구본을 들고 있는 아틀란트
피와 살 뼛골 녹이는 끝나지 않는 노동 처절한 외줄타기
시지프 신화 속으로 스스로 걸어 들어간
글쟁이를 일컬어 사람들은 신선이라 부른다

그렇지 글쟁이 네 영혼만은 자유하거늘
그 낭만만은 신선놀음이어라

시(詩) 2

나를 표현해 봐
설명하지 말고 짧고 간결하게
묘사해 봐

태양을 향해 날아 봐
비상의 파트너 아도니스처럼

날개가 녹아내려도
추락한다 할지라도
한번쯤 날아봐야 하지 않겠어?
신의 향한 고독한 신비

투정

당신을 앞에 두고도 그리웠습니다
그리움이 하두 커서 숨이 찼습니다

돌처럼 단단한 당신 마음 열 재주 없음에
당신 가슴에 바늘구멍 하나 뚫지 못한
서러움에 울고 또 울었습니다

산다는 건 다 그렇고 그런 것이라지만
그저 그렇게 살 수 없음에 1년 365일
20년 곱하기 365일 그 긴 세월
막막함에 서러움에 울었습니다

아아, 그리운 당신
이것은 투정이 아닌 절규입니다

소설에게

나 만약
당신을 배반할 시
눈멀고 귀먹고
입 굳을 터

천 년 동안
당신 사랑할 테요
당신을 향한
천년의 서약

생(生)

사람에게는 누구나 섬 하나가 있다고
어느 시인이 노래했듯이
사람은 누구에게나 가슴에 가시 하나씩 품고 산다
어디 하나뿐이랴? 수백 개

어디 가시뿐이랴
화인(火印) 뿐이랴

하지만 끝내 삼키고 보듬어야 하는
엄중한 숙명(宿命) 그것이 생인걸

제5부

마지막 나들이

지지배가 이게 뭐여?
지저분한 내 자동차 안팎을 샅샅이 손봐주고
청소하며 하는 소리다
밤새 영화를 보면서 내가 뱉어낸 포도 씨앗이랑
껍질이랑 코 풀어낸 너저분한 휴지를
아침에 오빠가 치우면서 지지배가 이게 뭐여?
그랬다고 올케가 흉내내며 깔깔 웃었다
딸내미나 내가 그랬으면 아매 나알리가 났을꺼여!

쥐새끼

우리집 안방에 가끔 쥐들이 출몰하곤 했다 한번은 엄마 젖가슴 사이에서 새끼 쥐 한 마리가 툭 튀어나와 쏜살같이 사라졌다 느닷없이 당한 봉변에 엄마는 혼이 빠졌다 나는 그때부터 쥐새끼를 미워했다 잠잘 때 엄마를 가운데 두고 양쪽에서 아버지랑 여동생이 젖가슴 쟁탈전을 벌이곤 했는데 나는 여동생 등 뒤에서 두 사람의 손을 슬쩍 밀어내곤 엄마의 젖가슴을 탐험했다 내 차지가 오기까지 얼마나 험난한데 고놈의 징그러운 쥐새끼가 울 엄마 젖가슴을 탐하다니 나쁜 쥐놈! 빗자루를 들고 쫓았지만 사실은 그렇게 무서울 수가 없었다 다람쥐는 예쁜데 쥐는 왜 무서울까 가끔 아버지는 쥐를 무서워하는 엄마에게 엉뚱한 싸움을 걸었다 자네가 쥐띠여서 쥐잡이에 소홀한 거여

쥐틀에 걸린 채 눈을 빛내던 쥐는 더 무서웠고 쥐약을 먹고 죽어가는 쥐는 차라리 공포였다 내가 그토록 무섭고 싫은 쥐새끼를 내가 그토록 좋아하는 우리 오빠를 쥐새끼에 빗댄 인간이 있었으니 이름하여 형사였다 둘째 오빠의 운동권 친구가 복역을 마치고 돌아온 그날 밤 방죽 뚝방에 앉아 둘째 오빠랑 둘째 오빠 친구랑 셋째 오빠랑 셋이 기타를 치고 노래를 부른 것이 화근이었다 낚시꾼이 시끄럽다고 신고를 했다나 어쨌다나? 재수 드럽게 없는 오빠 친구는 다시 붙들려 갔고 신문에 대문짝만하게 실린 두 오빠 사진을 들이밀며 형사가 잇새로 내뱉었다 요런 쥐쌔끼겉은

눔덜! 느오빠 붙잽히면 뼈도 못 추맄팅께 신고햐 이년아!

지가 보기엔 형사님이 더 쥐새끼 같은디유 말했다가 싸대기를 맞았다 진실을 말했을 뿐인데 조막막한 지지배가 싸가지 없다며 또 싸다귀를 때렸다 그 형사가 똑 쥐새끼 같았다 쪽 째진 눈빛이 그랬고 군청색 바바리 속에 파묻힌 밭은 목도 그랬고 무식이 뚝뚝 흐르는 낮고 교활한 말투도 웃음도 똑 히데요시 닮은 쥐새끼 같았다 나는 쥐 잡는 시늉으로 분풀이를 해댔다 형사는 오빠가 있는 곳을 대라며 초등학생인 내 일기장을 침 발라 뒤지며 요른! 쥐새끼 눔! 붙잽히면 뼈를 삭 발라줄텡께! 연신 씨불였다 눈에 독기를 잔뜩 담은 나는 쥐를 쫓으며 형사 말을 흉내 냈다 요른 쥐새끼눔! 잇쥐눔새끼!

일꾼 할아범이 애기씨 애기씨! 종주먹을 댔고 형사는 가래침을 캭 뱉으며 어햐 쬐깐 지지배가 여간내기 아녀! 혀를 내둘렀다

쥐새끼라고 불린 오빠들은 봉천동 가리봉동 사당동 녹골 이모집 괴산 고모집 산골짝 여기저기로 쥐새끼처럼 피해 다녔고 형사는 쥐새끼처럼 연신 우리집을 들락거렸고 나도 쥐새끼를 자꾸 들먹였다 지병에 홧병까지 겹쳐 병원에 입원한 아버지 병실에서 엄마는 밤낮 쥐새끼들 걱정을 했고 할아범은 빗자루 끝에 독을 달고 쥐새끼들을 쫓았다 몇 년째 농사일을 멈춘 우리집 토광에는 쥐새끼들 천지였다

귀향

1.

내 고향 신탄진 골남애에 갔더니 옛날 옛적 고향이 아니더이다

골짜기가 깊어 골남애라는 이름은 자취도 흔적도 없더이다

대덕연구단지 한국타이어 무슨 무슨 공장 빼곡히 들어선 무슨 무슨 아파트 단지… 당최 땅땜을 못 하겠더이다

자동차로 네댓 바퀴 휘돌아도 흔적도 없더이다

골남애를 아시남유? 골남애가 어디 갔남유?

지나가는 사람마다 붙들고 물었더니 어느 아줌씨 되려 묻더이다

아니 고향엔 몇 년 만에 왔다남유?

글씨유 이십 년도 넘었나베유?

워매! 뭔 늠의 고향을 고러콤 뜸하게 댕긴다남유? 한 달에 한 번씩은 와야 고향이지유

하하하하하 모두들 웃는데 나는 웃을 수가 없더이다

고마웁스읍니다아 고향을 없애버려 줘서 내 고향을 내다버려줘서

잘했다고 참 잘했다고 산업 전사 역군들에게 표창장이라도 디밀며

치하해야 하는데 그럴 수 없어 영 어정쩡하고 영 거시기 하더이다

2.

카레이서인양 골남애 언저리 아스팔트를 질주하는 짜장 배달부 아저씨

윙~ 위이윙~ 서툴게 뽐내는 기교를 멍하니 바라보았더이다

설움에 화풀이할 양으로 다짜고짜 불러 세웠더이다

여기쯤 골남애가 있었다니께유 그러니께 그 머시냐 꼭 찾으야유

배달통 붙들고 통사정했더이다

따라와 볼티유?

나를 딱하게 여긴 짜장 아저씨 빈 배달통 매달고 의기양양 앞지릅디다 그려

몇 바퀴 돌고 돌아도 골남애는 흔적도 없더이다

부동산마다 휘히잉 휘돌던 배달통 아저씨

골남애 귀퉁인지 한가운덴지 멍하니 서서 하늘을 보며 울상 짓더이다

난두 더 이상은 모르것쉬유 난 여기 사람도 아닌디 워

치칸데유?

　빈 배달통이 내 대신 퉁퉁 울음 울더이다

　머릿속에 메뚜기떼 푸다닥 날아오르고
　가슴 속에선 찬바람만 휘이잉~ 휘돌아치더이다
　어무이 아부지 큰 오라비는 꽃구름 타고 쪽빛 하늘로
올라갔다 치지만
　숨기장난 제기차기 뻰치기 소꿉장난 고무젭이하던 내
동무들
　하늘 아래 어디 숨었는지 온데간데없고 잠자리 떼 낮게
날며 소리 없이 울더이다
　귀 기울여 들으니 숨어 있던 골남애가 우렁우렁 울음
울더이다

　3.
　너어디갔니골남애야~
　명숙아정자야석순아명자야지애야순북아명국아세경아상
규야점순아나쁜지지배들아~
　소리쳐 부르는데 누군가 내 어깨를 툭 치더이다 여이
꼬맹아!
　옴마야! 뒤돌아보는데 우리집 옆댕이 살던 황순북이
더이다
　그 애 집 초가지붕에 박 넝쿨 흐드러지게 덮였는데 그
박꽃 너머로 동무들 얼굴이 한꺼번에 와자하게 쏟아져 나오더이다 노란 콩을 널어놓은 멍석 위에 나를 동무들이 공처럼 사정없이 궁글리더이다 까르르 깔깔깔… 드높은 웃음소리 골남애 외몰목을 휘돌고… 콩 멍석 위에서 강아지도 함께 뒹굴었더이다 멍석 위면 어떻고 모깃불 옆댕이면 어떻고 그저 천지간에 동무들 만났음에 하늘이 온통 내 것 같더이다 개들이 왕왕 짖어대고 개울물 흐르는 소리가 샐샐샐 귓가에 살아오더이다

내 고향 골남애가 오롯이 살아서 돌아오더이다

걸퍽진 석순이가 내 빰 요기조기에 뽀뽀를 해대며 한껏 울먹거리더이다 워매 우리 꼬맹이 왜케 늙었댜? 동무들도 한 마디씩 보탭디다그려 고 이쁘장한 흔적 모다 워디갔댜? 맘고생이 엄청 심했내비네? 내 주름진 얼굴을 어루만지는 동무들 손잡고 나도 맞장구를 쳤더이다 그러람 세월이 암만인디 맘고생두 암만이고 고걸 워치케 말루 다한다남?

콧등 찡해 훌쩍이는데 마주 잡은 내 손바닥 텅 비어오고

휘이잉~ 바람 소리만 휘몰아치더이다

꿈인지 생신지 원 당최 땅땜을 못하겠더이다그려

언니의 과거

사진관 오빠가 누런 신문지에 싸인
자기 키 반만 한 커다란 액자를 들고선 언니를 찾
아왔다
맨입으론 안 되는디?
무슨 비밀을 폭로하려고 저러는가
슬몃 형부의 눈치를 살피는데
태연한 척 과장된 형부의 웃음이 어색하다
그들을 살피는 즐겁지만은 않은 나의 호기심
언니가 누런 신문지에 싸인 액자를 풀어보는데 거기 언
니의 푸른 시절이 고스란히 담겨있다 검정색 나팔바지 속
에 숨은 쪽 곧은 다리 잘록한 허리를 뽐내는 노란 티셔츠
상큼한 웃음을 깨문 싱그러운 처녀가 발랄하게 웃고 있
다 영화배우 미스 대전 제2의 김지미라는 별명으로 소문
이 자자했던 언니
읍내 사진관마다 모델처럼 환하던 살인적 미소
흑백사진을 들고 안쪽으로 슬그머니 사라지는
형부의 손이 바람난 총각처럼 떨고 있다

천금의 미소

어릴 때 셋째 오빠가 골방문을 벌컥 열더니 느닷없이 내 싸대기를 때렸다 어찌나 맵고 아프던지… 영문을 몰라 멍청하게 서 있었다

엄마 말씀 안 들려? 엄마가 우스워?

한양 오빠의 밀실인 그 골방은 불을 켜지 않으면 캄캄했고 천둥이 쳐도 안에선 들리지 않았다 더구나 밖에는 빗소리가 가득했고 나는 책에 코를 박고 다른 세상에 있었다 갑자기 쏟아지는 소낙비에 마당에 널어놓은 깨랑 콩이랑 무우말랭이 호박고지 등을 엄마가 분주하게 치우며 숨넘어가게 나를 부른 모양이다 나는 비가 오는 소리도 엄마가 부르는 소리도 듣지 못했다고 얼굴을 감싸 쥐고 울먹였다

당황한 오빠의 눈빛이 흔들리다가 나를 품어 안았다 나는 서럽게서럽게 울었다 싸대기가 억울해서가 아니었다 한 번도 나를 안아주지 않은 아버지에 대한 결핍을 그날 오빠가 확 풀어준 때문이다 다음날 오빠가 나를 자전거에 태우고 나들이에 나섰다 두 손을 어쩔 줄 몰라 하는 내 양팔을 덥석 끌어다 자기 가슴팍에 깍지 끼워 주었다 꼭 붙잡아 이년아

그 말속에 깃든 천금의 따뜻함이 아직도 내 안에서 미소 짓고 있다

지지배가 이게 뭐여?

나는 아직도 셋째 오빠가 참 좋다
세월이 내 나이를 물컹물컹 삼켜버려서
이젠 어른이 되다 못해 늙은이로 줄달음치는데도
그는 여전히 내 맘속의 연인이자 친구이자 엄마이다
지지배가 이게 뭐여?
지저분한 내 자동차 안팎을 샅샅이 손봐주고 청소하며 하
는 소리다
밤새 영화를 보면서 내가 뱉어낸 포도 씨앗이랑 껍질이랑
코 풀어낸 너저분한 휴지를 아침에 오빠가 치우면서 지지배
가 이게 뭐여? 그랬다고 올케가 흉내 내며 깔깔 웃었다 딸내
미나 내가 그랬으면 아매 나알리가 났을꺼여!
지지배가 이게 뭐여? 오빠의 그 말투는 엄마를 똑 닮아있다
일머리가 서툰 내가 일을 툭툭 저지를 때마다 하던 소리다
엄마가 가고 없는 지금 오빠는 엄마가 나에게 그랬던
것처럼
내 이부자리를 손봐주고 내가 깰 때까지 기다렸다가
따뜻한 차랑 과일을 내오며 엄마의 빈자리를 채워준다
가끔은 오붓한 찻집으로 데리고 가서 친구처럼 연인처럼
끝없이 조잘대는 내 이야기를 들어준다
그가 없었다면 내 생은 얼마나 삭막했을까

어떤 장자

아버지는 셋째 오빠를 미워했다 부당한 일에는 조목조목 따졌기 때문이다 그러나 아버지가 돌아가시면서 엄마에게 남긴 유언은 이랬다

자네는 싯째랑 살으야여 그 놈이 장 미더워!

할 수만 있다면 그 미더운 오빠를 나는 다시 태어나게 해주고 싶다 그래서 그가 원하던 길을 가게 하고 싶다 의사도 되게 하고 목공도 하게 하고 바람처럼 떠돌게도 하고 싶다 오빠들 넷 중에 셋째 오빠가 가장 왜소했고 몸이 허약했다 그런 그가 먼저 간 큰오빠를 대신하여 집안의 대소사를 짊어졌다 장자 역할이 힘에 겨운 그의 입술이 툭툭 부르트고 어깨가 무겁게 내려앉았다 제사며 산소 이장이며 다른 형제들이 저지른 사업 실패까지도 힘겹게 수습했다 한 해에 한 번씩 엄마를 위해 전세 낸 버스에 엄마 친구들을 태우고 봄나들이를 갔고 큰형이 남기고 간 조카딸을 기르고 가르쳐서 시집보냈다 남동생 자식들을 친자식처럼 돌보았고 가슴으로 낳은 딸내미에게서 손자까지 보았다 요즘 그는 후학들을 가르치며 북 치고 장구 치고 창을 하고 꽹과리를 두드린다 자기가 원하는 길을 가는데도 그를 보는 내 마음은 어쩐지 짠하다

한켜 한켜 쌓인 한(恨) 저렇게 푸는가 싶어 가슴이 시리다

셋째 올케

셋째 올케는 나보다 5살 아래다 그런데도 나를 늘 애기 취급한다 아유 민초 고모는 안적두 깐난애기 같튜 내가 길을 잃고 헤매다가 약속시간에 늦었을 때도 물건을 자주 잃어버릴 때도 늘 하는 소리다 애기 같텨서 옆댕이서 챙겨주는 사람이 없으면 워치칸댜? 어쩌다 서툴게 일을 해내면 짝짝짝 박수까지 쳐주며 칭찬한다 집안일을 도울라치면 됐슈 책이나 디다봐아 방으로 떠민다 그래두 극구 도와주려고 하면 기겁을 한다 내가 도우려고 어정거리면 나를 식탁에 앉혀 놓고 거기 앉아 마늘이나 까라고 한다 그 마음이 똑 엄마를 닮아있다 아래층에서 인터폰이 울릴 때는 올케가 나에게 뭘 먹고 싶으냐고 물을 때나 오빠가 자동차 시동을 걸 때이다 민초 고모 고모고모! 빨랑빨랑 내려와봐아! 오빠가 어딜 갈 모양여 빨랑! 숨넘어가게 부르며 떠나려는 오빠를 붙잡아둔다 오빠를 좋아하는 나를 위한 배려다 엄마처럼 푸근한 올케 앞에서는 나는 언제나 갓난아기가 되고 만다

한양 오빠

둘째 오빠랑 둘이서 시집간 언니집에 갈 때였다 기차와 버스를 갈아타고 먼 길을 걸으면서도 나는 오빠를 저만치 앞서거나 뒤처져 걸었다 나와 보폭을 맞추려고 애쓰던 오빠가 물었다 너는 왜 셋째만 좋아하니? 나는 싫니? 나는 말없이 걷기만 했다 솔직히 나는 그가 늘 어려웠다 방학 때 집에 오면 집안이 꽉 차는 것 같으면서도 한편으로는 집이 묵지근 내려앉는 느낌이었다 그가 뻐기거나 나대지도 않는데 왜 그렇게 느껴졌는지 알 수 없다

한겨울에도 웃통을 벗고 합기도 아령으로 땀을 낸 그는 반드시 냉수마찰을 하였다 호랑이라는 별명을 얻은 그가 골남애에 오면 말썽쟁이 주먹패들도 쉬쉬하며 꼬리를 감추었다 그렇다고 그들에게 훈계하는 것을 본 적도 없다 나에겐 유난히 엄한 그는 내 통금시간을 9시로 정했고 영어 수학 한문 그리고 호신술을 억지로 가르쳤다 그래서인지 그와 있으면 숨이 막히고 불편했다 평소 무엇이 먹고 싶다고 조르면 엄마는 한양 오빠 오면 해주께 하고 자꾸 미루었다 그가 오면 집안에 온갖 먹을 것이 넘쳐났지만 그 음식은 어쩐지 그만을 위한 것 같아 손대기 싫었다 나는 지금도 둘째 오빠에 대한 감정이 무엇인지 잘 모른다

서울편물점

　신탄진 초등학교 후문께에 〈서울편물점〉이 있었다

　〈서울편물점〉이 생긴 후 쉬는 시간마다 꼬맹이들이 게
딱지처럼 붙어서서 편물점 유리 안을 들여다보았다 유리
에 볼따구를 찰떡처럼 붙이고 서로 밀치며 속닥댔다

　옴마야 영화배우 같다야

　워디워디? 안 뵈어

　쩌기쩌어기 참말 곱지야?

　땡땡땡 수업종이 울리면 후다닥 개구멍을 통해 숨차게

　교실 안으로 들어와 앉는 아이들이 비밀인 듯 속닥댔다

　그 언니 엄청히 여뻐야 서울말도 참말 잘혀

　아이들이 나에게 묻는다

　느 언니라매? 참말이여?

　호들갑스러운 아이들의 눈은 나에게 이렇게 묻고
있었다

　근데 너는 왜 안 예뻐?

　그날 집에 돌아와서 두 다리를 뻗대고 울었다

　왜 언니만 여쁘게 낳고 나는 안 여쁘게 낳았냐고

　내 앙탈에 엄마가 내 머리카락을 귓등에 넘겨주며
웃었다

　너는 언니보다 더 여뻐 암만 여쁘고 말구

　그 말이 진심이 아닌 줄 알면서도 나는 그냥 속아주었

다 그리고 결심했다 언니보다 속이 예쁘면 된다고 그때부
터 나의 고민이 시작되었다

　어떻게 해야 속이 예쁠 수 있을까

큰고모

큰고모를 생각하면 말입니다 우물이 생각납니다
돌멩이를 던져도 풍덩 소리만 잡아먹고 이내 잔잔해지
는 우물
두레박으로 물을 퍼내도 고요하게 다시 고이는 우물
큰고모를 생각하면 말입니다 가슴이 울렁합니다
어느 먼 나라에서 온 듯한 그분은 산머루 같은 눈빛에
왼쪽 볼에 볼우물이 깊었습니다 어린 나는 신비로웠습니
다 그분은 한 마디도 입 밖으로 소리 내지 않았습니다 나
는 동굴처럼 눈이 까만 것은 소리와 말을 집어삼켰기 때
문이라고 그래서 더욱 고요하다고 여겼습니다
어린 나는 궁금했습니다 아버지 입원 소식을 들은 큰고
모는 왜 병원으로 안 가고 집으로 왔을까
그녀는 마루 끝에 걸터앉아 종일 눈물을 흘렸습니다 소
리가 없어 더욱 태산 같은 울음이었습니다
그녀는 아궁이에 불을 지펴 방안을 고슬거리게 말리고
곰팡내를 걷어냈습니다 집 안팎을 말끔하게 치우고 텃밭
에 풀을 뽑고 국화와 코스모스를 창호지 창살에 붙여놓
았습니다 집 안이 환하게 꽃 피었습니다 음산하던 검은
기와집은 다른 집처럼 변했습니다 그분은 분명 요술쟁이
였습니다 이튿날 조용히 대문 밖으로 걸어 나간 그분을
다시는 볼 수 없었습니다 나라에 뭔 죄를 지었다고 쫓기

는 오빠가 괴산 큰고모집에 숨어들었을 때 말입니다 그렇
게 극진하고 따뜻할 수가 없었다고 죽어서도 잊지 못할
거라고 오빠는 지금도 말합니다 아버지에게는 어머니 같
았다는 큰고모는 지금도 내게는 우물 같은 이미지로 남
아 있습니다 퍼내도 퍼내도 줄어들지 않는 우물

　돌멩이를 던져도 아프다는 말 한마디 하지 않는 우물
　병든 나라를 짊어진 조선의 누이 같은 우물
　숭엄한 우물 같던 그분은 벙어리였습니다

마지막 나들이

고향이 그리워도 못 가는 신세~ 그것이 엄마의 노랫가락 첫 소절이자 마지막 소절이다 그 노랫말 속에 숨은 엄마의 한을 엿본 셋째 오빠가 넌지시 물었다

엄니 우리 시방이래두 고향가서 살티유? 엄니가 정 원하믄… 난두 인전 그 정도루는 살만하니께유

엄마는 기겁을 했고 손을 저으며 도리머리를 흔든다

싫여! 당최 그런 말은 하덜 말어

그러면서도 또 깊은 한숨을 내쉬었다 엄마의 마음을 내 어찌 알까마는 아마도 그럭저럭 행세쯤은 하던 엄마는 쫄딱 망하고 떠나온 고향이 뒤돌아보기도 싫었을 것이다 아니 가슴 속에 꽁꽁 뭉쳐둔 상처를 다시는 들여다보기 싫었을 것이다 그러나 너무나 많은 한을 숨겨둔 그곳에서 다시는 새살림을 차리고 싶지는 않았을지도 모른다 그래도 여전히 고향이 그리워도 못 가는 신세~ 를 읊조리던 엄마를 모시고 어느 해 고향을 찾았다 아마 엄마 생신 즈음이었을 것이다

유성 온천 호텔에 묵으면서 온천도 했고 계룡산 계곡에서 막걸릿잔 띄워놓고 엄마는 또 고향이 그리워도 못 가는 신세를 읊조렸다 나는 엄마에게 고향이 코앞인데 한번 가보자고 제안했다 형제자매들도 엄마를 부추겼다 엄마는 못 이기는 척 우리의 뜻을 따랐다 그렇게 우리는 엄

마를 모시고 골남애에 들어섰다 자동차 두 대가 들어선
골남애는 금세 시끌벅적했다 소문을 들은 마을 사람들은
하나둘 모여들었다 얼굴이 몹시 찌들고 늙은 할마씨들
은 엄마의 두 손을 부여잡고 자꾸자꾸 넋두리처럼 울음
을 쏟았다 하룻밤만! 딱 하룻밤만! 자고 가라고 우리집이
누추해서 그러냐며 너도나도 엄마의 손을 부여잡고 졸랐
다 엄마는 내 또 옴세 하고 약속했다 돌아올 때 마을 사
람들은 너도나도 깨 콩 도토리가루 밀가루 수수 메주 참
기름 온갖 귀한 것을 봉지봉지 챙겨주었다 시주받듯 얻
은 곡물이 자동차 안에 가득 실렸다 이렇게 귀한 것을 모
두 주면 어쩌느냐고 이렇게 받아도 되겠느냐고 황송해하
는 내 말끝에 할마씨들의 읊조림이 징 소리처럼 끌려왔다
우리가 먹고살기 어려울 때 말이여 늬어매 아배가 해마다
쌀말을 챙겨줘서 숨 쉬고 살았다니께! 그때는 하 먹을 게
없어서 어쩌나 배가 고프던지 그 공을 워찌 갚겠냐마는
이렇게 만내니께 얼매나 얼매나 존지 몰러

　엄마는 그들의 마음을 오롯이 받아 안고 집으로 돌아
왔다 그것들이 아까워 먹지도 못하다가 이웃에게 조금씩
조금씩 나누어 주었다 고향이 그리워도 못 가는 신세를
읊조리면서

　그것이 엄마의 마지막 고향 나들이였다

제6부

가족사진

다시는 이 집에 발걸음하지 말고
여기에 마음 두지 말고
절대로 돌아보지 말거라
어린 딸은 내가 길러 시집보낼 터이니
저 어린 것일랑 나 죽거든 만나거라

청념이

우리집 골목길을 사이에 두고 청념이는 다른 담장 안에 살았다 어느 날 겁쟁이 여동생이 불불불 울면서 들어왔다 뻰치기를 하다가 어쩌구저쩌구…

달려가 대뜸 싸대기를 갈겼는데 워매 고 지지배 느닷없이 내 머리채를 휘어잡았다 그날부터 고지지배 무서워 슬금슬금 피했는디 고지지배 시침 뚝 따고 나한티 언니언니 깍듯하였다

워매작것! 차라리 못 본 척이나 할 것이지 워쩌자구 얄밉게도 언니언니 한다냐? 내가 세상에서 젤로 무서운 고지지배 무서워 밖에를 못 나갔다 낭중에 청념이 언니 내 친구 청숙이한티 고백했더니 콸콸 웃는다

하하하 너두 그랬냐 나두 그랬다 고지지배 엄청 독햐!

황영기

　우리 반에 지능이 조금 모자란 아이가 있었다 체육시간에 아이들이 모두 운동장으로 나가면 그 아이는 빈 교실에서 반 아이들의 도시락을 온통 쑤셔놓기 일쑤였다 말로 타일러도 벌을 주어도 알아듣지 못해서 선생님마저 골치를 앓았다 그런 아이가 내 도시락만은 건들지 못했다 그걸 안 아이들이 체육 시간이면 다투어 내 책상 속에 도시락을 쑤셔 넣었다 그 아이는 거짓말처럼 그 도시락들도 손대지 않았다 왜 그랬을까 내가 쌈닭이어서? 운동을 잘해서?

　아니다 그는 알고 있었다

　내가 막내 오빠 여동생이라는 것을

　나를 건드리면 누구든 혼쭐이 난다는 것을

김지숙

청바지 뒷주머니에 두 손 찌르고 건들대는 김지숙이
있었다

살짝 뒤집힌 입술에 눈에 독기가 잔뜩 든 김지숙 앞에

아이들은 너나없이 학용품 돈 옥수수 사탕 죄 갖다
바쳤다

김지숙이 빈 돼지 축사로 나를 불러냈다

니가 그케 잘났냐? 수업 끝나고 여기로 나와랏! 안 나오
면 뒤진다아!

느닷없이 푹 찔린 칼날에 하늘이 노랬다 한 살 어린 게
말을 까는 것이 영 거슬렸지만 별수 없이 바람 앞에 펄럭
이는 비닐봉지인 나

돼지 축사로 가야 하나? 수업 내 불안하던 나는 집으로
줄행랑을 놓았다

뒷덜미를 낚아채일 두려움으로 허위허위 또랑을 건너는
데 느닷없이 뒤에서 왈칵 덮쳤다 얀년아! 말이 말 같잖냐?

본능적으로 내 몸이 먼저 피했고 되려 김지숙이 또랑에
처박혔다 나도 놀랐다 내 몸이 그렇게 재빨리 반응한다
는 것에

김지숙이 내 머리채를 휙 휘어잡았다 나도 맞잡았다 머
리채가 뒤엉킨 채 씨름선수처럼 뱅뱅 돌았다 급소를 노리
던 내 발이 잽싸게 발을 걸어 메다꽂았다 김지숙이 또랑

가생이에 처박혔다

　워매 일지매가 겨우 요거여?

　의기양양한 내 말에 독기가 오른 김지숙이 눈자위를 허옇게 뒤집고 죽기 살기로 덤벼들었다 나는 뒤돌려차기로 옆구리를 내질렀다 잔뜩 긴장했는데 별거 아니었다 김지숙이 코피 터지고 산발 된 채 여러 차례 달려들었다 그때마다 내 발길에 맥없이 채였다 어라? 내 몸이 왜케 빠르지? 워매? 오빠한티 배운 호신술 덕분인가뵈?

　이튿날 눈탱이 밤탱이 된 김지숙이 나를 찾아와 종일 툇마루에서 뒹굴댔다 껌을 종일 질겅거렸지만 아무 말도 없었다 나는 잔뜩 긴장했다 해가 질 무렵에 돌아간 김지숙이 이튿날 또 왔다 며칠을 그렇게 출근 도장 찍던 김지숙이 은근짝 무서웠는데 나에게 죽도록 맞았다며 동네방네 왈캉 소문 내버렸다 내가 짝사랑하던 시(詩) 잘 쓰던 영어선생이 나만 보면 실실 웃으며 놀려댔다

　헤이! 꼴남애촌놈! 너 쌈 무쟈게 잘한다매? 헤이! 꼴남애 깡패! 김지숙이 버릇 싹 고쳐 놨다매?

　그래서 촌놈, 깡패란 별명은 졸업 때까지 따라다녔다 내 옆에 껌딱지처럼 붙어 다니던 김지숙은 언제 어느 때 사라졌는지 기억에도 없다 하지만 내가 기억하는 김지숙은 정말 착하고 순한 아이였다

찬경오빠

찬경이 오빠는 갓난쟁이 때부터 둘째 오빠랑 엄마 젖을 같이 먹고 자랐다 찬경이 오빠가 셋째 오빠 콧잔등을 부서뜨리고 죽살나게 팼을 때 동네 사람들은 불불불 난리가 났다 후레자식 놈! 은혜를 웬수로 갚는 놈! 상종 못할 놈! 어미 없이 자라 싸가지가 좁쌀만치도 없는 놈! 욕을 욕을 해댔다 그 욕을 고스란히 들은 엄마는 고개를 외로 꼬고 마른침만 삼켰다 며칠 후 찬경이 오빠가 엄마를 찾아와 넙죽 절하며 빌었다 엄니 죄송허유 죽을죄를 졌구만유 엄마는 찬경이 오빠를 덥석 끌어안고 목이 메었다 이놈아 내가 느 에미가 아니더냐 낳지만 않았지 먹이고 입히고 재우고 내 새끼랑 다르게 키웠더냐? 너는 내 새끼가 아니더란 말이냐? 느이 할미가 갓난쟁이 널 안고 왔을 때부텀 넌 내 자식이었니라 어쩌자고 여기저기 큰일을 내고 막 산단 말이냐?

찬경이 오빠는 엄마 앞에 엎드려 으헝으헝 동네가 떠나가도록 울었다 아마 얼굴도 모르는 자기 엄마 없는 설움을 그때 다 쏟았지 싶다 그날 엄마에게 된통 꾸지람을 들은 건 찬경이 오빠에게 얻어터진 셋째 오빠였다 어쩌자고 형한티 덤벼들어 그 지경이 되었단 말이더냐 당장 엎드려 빌거라

그날 찬경이 오빠랑 셋째 오빠는 서로 잘못했다고 다

시는 안 그러겠다고 사내 둘이 목을 끌어안고 *끄억끄억*
울었다 그때부터 찬경이 오빠는 해마다 세배를 하러 우리
집에 왔다 우리집 잔치에도 궂은일에도 엄마 아들처럼 우
리집에서 먹고 잤다

주한이

　엄마에게 또 다른 아들이 있었다 어쩌면 잊고 싶은 아들인지도 모른다

　주한이에게는 부모가 셋이었다 큰집 작은집 우리집

　주한이는 큰집 작은집 통틀어 아들이 하나였고 딸 다섯 사이에서 귀하게 자랐다 자식이 없는 큰아버지에게 양자로 간 주한이는 큰집 부모는 물론 작은집 부모에게도 눈에 넣어도 아프지 않을 자식이었다 부모가 셋이어야 명줄이 길다고 우애 깊은 번성한 자손 집에 양자를 들여야 명줄이 길어진다고 주한이 양쪽 부모가 찾아와 엄마 아버지에게 간곡히 청했다 생명줄이 늘어난다면 무슨 일인들 마다하랴만 그러다 혹시… 만에 하나 결과가 안 좋다면 어찌할꼬 신중한 아버지와 엄마는 한 해 동안 망설였다 생명줄을 늘인다는데 더 좋은 곳을 구하라며 여기저기 다른 집을 주선했지만 주한이 두 집 부모는 우리집을 콕 점찍었다며 물러서지 않았다 기저귀를 갈 때부터 맺은 인연으로 주한이는 우리랑 친형제처럼 섞여 지냈다

　과수원집 주한이 큰집에서는 철마다 과일 짝을 보내왔고 우리집안에 큰일이 있을 때마다 작은집 부부는 바쁜 자기 집 일을 제쳐두고 우리 일을 도왔다 우리집에서도 폐병을 앓는 주한이 아버지에게 오리 피가 좋대서 오리를 길러 수시로 잡아 먹였다

주한이가 결혼했을 때도 우리 엄마 아버지에게 극진한
예우를 다했고 우리 부모 환갑에 주한이까지 한복을 해
입혔고 오빠들도 주한이를 막냇동생으로 여기며 아버지
장례식에도 상복을 입혔다

그렇게 세 부모를 가진 주한이가 지병을 앓다가 앓다
가 기어이 가고 말았다 그때부터 엄마는 또다시 담배를
피웠다 젊은 생명을 못내 안타까워하면서 당신 실수인 양
가슴을 태웠다 세 부모는 가끔 만났지만 아무 말도 못
하고 속울음을 끓이고 한숨만 내뿜다가 헤어졌다

어쩌다 또 만나면 서로 부여잡고 펑펑 울기만 했다 부
모가 셋이면 명줄이 길다더니 우리집이 박복해서 그런가
보다고 어느 해 통한처럼 울음을 쏟아낸 엄마는 또 그렇
게 가고 말았다 이제 그 세 부모 모두 주한이 뒤를 따르
고 없고 주한이는 우리 형제들 가슴에 동그란 우물 하나
만 남겼다

별난 이별

젊으나 젊은 것이 어찌 혼자 산단 말이냐

큰오빠가 사고로 가고 난 뒤 엄마의 한숨 소리는 산을 들었다 놓았다

그렇게 애태우며 속을 끓이다가 엄마는 작정한 듯 큰올케를 시집보냈다

다시는 이 집에 발걸음하지 말고 여기에 마음 두지 말고 절대로 돌아보지 말거라 어린 딸은 내가 길러 시집보낼 터이니 저 어린 것일랑 나 죽거든 만나거라

그 어린 딸이 자라서 시집가던 날 큰올케가 식사하는 내 자리로 찾아왔다 너무 보고 싶었다고 보고 싶어서 죽는 줄 알았다고 보고 싶어도 염치없어서 찾아갈 수 없었노라고 오직 이쪽 시어머니 생각뿐이었다고 자기 딸 시집가는 날 큰올케는 눈물을 그렁그렁 떨어뜨렸다 나는 큰올케 쪽 시댁 눈치를 보며 어서 가라고 자꾸 등을 떠밀었다

막내 오빠에게 전해 듣긴 했었다 오래전 영등포 사거리에서 우연히 마주친 큰올케 소식을

시집 식구 중에 어머니가 젤루 보고 싶고 그다음이 둘째 애기씨에요 그러더라고

둘째 애기씨인 나는 그때 큰올케를 많이 미워했었다 그냥 미웠다 나를 버리고 간 것이 미웠고 우리집을 떠난 것

도 미웠다 미움을 삭히지 못한 나는 엄마에게 물었다

　엄마 새언니 안 미워?

　밉기는 뭐이 미우까? 내 새끼라고 생각하믄 가슴이 미어지누만 지라도 가서 잘 살믄 내 원이 없지

　나는 차마 올케에게 그 말을 전하지 못했고 큰올케도 그쪽에서 낳은 자식이랑 남편 눈치 보면서 짧게 머물다 내 곁을 떠났다

　아프지 않은 이별이 어디 있을까마는

　우리의 별난 이별은 별나서 더 아팠다

가족사진

나의 부모와 7남매는 가족사진이 없다
사진첩을 다 뒤져도 없다
우리는 가족사진을 영영 남기지 못했다

나는 내 아이들에게 가족사진을 찍자고 조른다
시간을 맞춰보자고 맞추어 보겠다고
저희들끼리 의논하는 아이들

딸아이가 시간이 날 때는 아들아이가 바쁘고
아들아이가 시간이 날 때는 사위가 출장을 가고

그들 모두 시간이 날 때는
우리 부부 중 누군가 스케줄이 있고
그렇게 아직 가족사진을 찍지 못했다

다락방에 두고 온 열한 살

최민초 지음

발행처 도서출판 청어
발행인 이영철
영업 이동호
홍보 천성래
기획 남기환
편집 이설빈
디자인 이수빈 | 김영은
제작이사 공병한
인쇄 두리터

등록 1999년 5월 3일
(제321-3210000251001999000063호)

1판 1쇄 발행 2023년 12월 5일

주소 서울특별시 서초구 남부순환로 364길 8-15 동일빌딩 2층
대표전화 02-586-0477
팩시밀리 0303-0942-0478
홈페이지 www.chungeobook.com
E-mail ppi20@hanmail.net

ISBN 979-11-6855-213-5 (03810)